A CONCUBINA

GÜL İREPOĞLU

A CONCUBINA

Tradução
Marina Mariz

© Gül Irepoğlu/Kalem, 2011

Título original em turco: *Cariye*

Capa
Lilian Queiroz / 2 estúdio gráfico

Foto de capa
Fine Art Photographic Library/Corbis/Latinstock

Preparação de texto
Margô Negro

Revisão
Milfolhas Produção Editorial Ltda.

Projeto Gráfico (miolo)
Eveline Albuquerque

Impressão
Graphium Gráfica e Editora

A tradução deste livro, que recebeu o apoio do TEDA/Ministério da Cultura e do Turismo da República da Turquia, foi feita a partir da tradução da língua inglesa.

Dados Internacionais de Catalogação na Publicação (CIP)
(Câmara Brasileira do Livro, SP, Brasil)

Irepoglu, Gül
  A concubina / Gül Irepoglu; tradução Marina Mariz. – Barueri : Sá Editora, 2011.

  Título original: Cariye
  ISBN 978-85-88193-65-9

  1. Romance turco I. Título.

11-04233   CDU – 894.35

Índices para catálogo sistemático:
1. Romance : Literatura turca   894.35

Todos os direitos reservados.
Direitos mundiais em língua portuguesa cedidos à
SÁ EDITORA
Tel./Fax: (11) 5051-9085 / 5052-9112
E-mail: atendimento@saeditora.com.br
www.saeditora.com.br

Eu não acredito em demônios,
mas acredito em sonhos
e, às vezes, até em contos de fadas...

Para meu querido amigo Selim İleri...

"Eu nunca esperei ter *este* amor."

Æ

Sua Majestade, minha Vida, meu Bem-Amado,
Única luz da minh'alma, meu Soberano,
Eu não esperava por isso. Claro que havia muitas coisas pelas quais esperei, sonhei e ansiei, mas não isso. O prazer de ser escolhida, o gosto do triunfo, a delícia de ser mimada... Eu estava pronta para tudo isso; estava preparada.
Mas ter o amor sobre o qual eu lia nas lendas... Por isso eu não esperava; não esperava mesmo. Não esperava ter *este* amor.
Naquela noite, todas as vezes em que o senhor me chamou, toda vez que dizia com prazer "minha Askidil[1]", meu coração se enchia de amor, igual a esse nome que me foi dado... Toda vez que elogiava a cor dourada do meu cabelo, torcendo os cachos entre seus dedos, dizendo que descobriu o mar ao olhar nos meus olhos, meu coração se enchia de alegria...
O que nós dois compartilhamos, naquela única noite até a manhã, pode muito bem ter sido mais pleno do que uma vida inteira. Sim, "pleno" é a palavra mais apropriada; "rico" não seria suficiente, pois esta palavra se presta

---

1 Askidil: amor da alma, essência do amor. (N. T.)

prontamente a muitas outras interpretações. Pleno é muito mais adequado.

Que choque vigoroso no campo de batalha, que nuvem de energia que emana no coração da luta poderia se comparar com a radiosa luz que resultou do toque de nossos corpos? Que ribombar silencioso criado pelos corações dos guerreiros, pulsando violentamente ao se enfrentarem, poderia se igualar ao nosso tremor?

Não faço ideia por que um campo de batalha me inspirou; aconteceu naturalmente... Eu devo ter interpretado instintivamente nossa união como um embate, igualando o infernal calor da batalha com o celestial calor do sexo.

Aqueles momentos em que me aproximei do senhor, ofegante, poderiam facilmente ser comparados ao passo final dado em direção ao instante fatal e inevitável na batalha, o instante sem retorno e o momento que não se quer evitar, afinal...

Ou será que estávamos em um galeão imaginário, navegando por mares imaginários, na esteira de dragões perseguindo peixes gigantes? Estaríamos, talvez, sentindo e balançando a cada movimento desse mar que se ergueu e arrebentou em ondas dentro de nós?

A união das quimeras mais assustadoras, sensações de luxúria sem fim e o auge da felicidade...

Œ

O Mabeyn[2] está cheio novamente. Estamos na fase final dos preparativos para a festa desta noite... Este ma-

---

2 Aposentos imperiais. (N. T.)

jestoso salão imperial, sob o domo iluminado, prepara-se para receber de novo seu senhor.

É fácil dizer: este é o centro da principal moradia do *Padisah*[3], o sultão Zillullah fi'l-arz, a sombra de Alá sobre a terra, cabeça do augusto Estado.

Nosso senhor santifica esse lugar com sua presença; o harém é seu espaço inacessível e intocável. E, naturalmente, servi-lo é um privilégio de poucos súditos abençoados, e eu sou um deles.

Alguns eunucos de rosto negro e brilhante vagueiam por aqui, com seus caftans brancos como a neve, calças bufantes vermelhas, acompanhados de escravas.

Todos se esmeram em suas tarefas, desdobrando-se graças à minha presença. Isso é fora do comum; essas noites normalmente são organizadas por mulheres de alto *status*, recebendo ordens da própria Hazinedar Kalfa[4]; mas para essa ocasião nosso senhor pediu minha supervisão. É fato notório que sou seu servo especial.

Os *aghas*[5] estão se movendo calmamente.

Cada pessoa nessa ordem perfeita é um mestre consumado em sua arte, quem quer se sobressair faz mais esforço...

Logo, com poucas exceções, todos deixarão o salão para as mulheres. As mulheres que eles guardam inexoravelmente, as mulheres que eles nunca, jamais, poderão tocar... Sua masculinidade pode ter sido eliminada, mas e quanto aos seus sentimentos?

Tão difícil de lidar, muito difícil.

E o que, precisamente, cria essa privação? É o sofrimento durante essa operação destrutiva, a dor que ad-

---
3 Título de um imperador otomano reinante. (N. T.)
4 *Kalfa*: tesoureira imperial. (N. T.)
5 *Agha/Ağa*: criados de uma casa, normalmente os eunucos, brancos ou negros, que agem como criados, privilegiado do sultão ou de dignitários otomanos, desempenham desde tarefas sem importância em casas otomanas até o equivalente a um camareiros-mor. (N. T.)

vém depois, a incansável tortura da sobrevivência à medida que a vida continua ou a insuportável frustração de sentir-se eternamente menos que completo? Talvez seja melhor não pensar muito nisso.
É justamente isso que eles fazem, ah, eu sei bem... Do contrário, seria fácil demais encontrar-se num beco sem saída...
O salão imperial está lindamente iluminado esta noite. Vermelho e ouro, duas cores que se harmonizam perfeitamente, dominam todo o salão... Vermelho e ouro juntos parecem dar calor e majestade ao salão.
Vermelho e ouro parecem captar a luz que se reflete nos espelhos a partir dos azulejos azuis das paredes, dando-lhes calor...
Tudo faz tecer um mundo de conto de fadas, um mundo sobrenatural.
Todos estão na expectativa. Expectativas tão diferentes...
As mais bonitas do harém estão em fila, defendendo impiedosamente seus títulos ao fazerem isso...
As *Kadinefendis*[6] sentam-se no alto...
As mulheres privilegiadas que não só conquistaram o coração do Sultão, mas também lhe deram filhos. As preciosas sultanas do harém.
As mulheres poderosas do harém. Mas por quanto tempo ninguém sabe.
Um dos muitos imponderáveis do harém.
Agora, todas elas estão prontas para deixar de lado suas existências incansavelmente vulneráveis. Todas educadas nessa dura e intrincada escola, algumas conseguindo, de uma forma ou de outra, ascender de posição, ten-

---

6 *Kadin* ou *Kadinefendi*: quando dão um filho ao sultão ocupam a mais alta posição no harém. (N. T.)

do provado seu valor, consideradas boas o suficiente para satisfazer o Soberano, alcançando assim uma condição excepcional. Elas estão sentadas no largo divã à direita do trono do senhor, ao centro. Elas tomaram seus lugares, de pernas cruzadas, recostando-se em almofadas bordadas com fios de prata.

Sua superioridade é evidente; elas a usam quase como se fosse um revestimento próprio.

As *ikbals*[7], a quem o Sultão com frequência gosta de manter isoladas, acomodaram-se nas laterais, desejosas de serem escolhidas mais uma vez... Resplandecentes de orgulho por terem satisfeito aquele homem, o senhor de todas elas, animadas pela crescente esperança, já que superaram a rejeição da escolha passageira...

O restante das concubinas está disperso pelos lados.

Elas se levantam, as mãos postas respeitosamente, prontas para obedecer aos comandos e melhor exibirem seus encantos...

Elas são tão jovens, tão puras e tão entusiasmadas. E tão belas.

Normalmente, a *Sultan Valide*[8] estaria sentada no centro do setor das mulheres; é assim que a regra tem sido aplicada. Infelizmente, como a mãe de nosso senhor Abdülhamid Han morreu há muito tempo, seu assento agora fica vazio. E, por mais privilegiada que seja, a *Hazinedar Kalfa*, a tesoureira imperial, jamais pensaria em tomar esse lugar, apesar de ter assumido boa parte dos deveres administrativos da *Sultan Valide*.

Logo começará a música para receber nosso ditoso senhor... As musicistas e cantoras já se posicionaram no andar de cima.

---

7 Concubina que dormiu pelo menos uma vez com o sultão. Algumas podem ser chamadas de *gözde*, ou "aos olhos", significando favorita.(N. T.)
8 Mãe do sultão no Império Otomano, sultana mãe.(N. T.)

Nós decidimos pela música *Hicaz*[9] para esta noite, o afrodisíaco *makam* que aguça o apetite... A afeição de Sua Majestade o Sultão pelas mulheres é bem conhecida, tanto quanto seu apreço e sua compaixão por elas. As mulheres do único proprietário dos domínios otomanos, as mulheres do seu harém.

Algumas se prepararam para as festividades noturnas em acomodações mais espaçosas; outras, em seus alojamentos mais modestos; e o resto, em seus dormitórios. Algumas tiveram a ajuda de criados, enquanto outras se arrumaram sozinhas...

Todas se ocupando para suprimir a ansiedade e cada uma lançando olhares furtivos para as outras...

As mulheres, algumas das quais um único homem conhece intimamente, outras, um pouco menos e o resto, totalmente desconhecidas desse homem...

Algumas atingirão suas metas um dia, enquanto a maioria continuará a esperar, passando os dias em servidão a outras; algumas podem ir embora um dia, para dirigirem seu próprio lar modesto, enquanto a maioria acabará deixando o harém pelo Portal da Morte numa mortalha...

Algumas vêm do norte, das aldeias empoleiradas nas encostas íngremes do Cáucaso; outras vêm do leste, das florestas agraciadas com quedas-d'água no rígido clima georgiano; outras, do oeste, das cidades dos Bálcãs sobre as quais ecoam melodias nostálgicas e, o resto, de nações europeias anotadas nos diários de bordo de barcos, seus destinos determinados quando foram colocadas no caminho de piratas berberes que rondavam as águas do Mediterrâneo...

---

9 *Hicaz makam*: tipo de música turca clássica. (N. T.)

A única coisa que elas têm em comum é a beleza. Se isso é a sua felicidade ou a infelicidade é difícil dizer...
As mulheres reunidas no salão imperial competem não só na silhueta, mas também nos trajes, cada uma sendo uma rosa rara do Jardim do Éden...
Suas finas blusas de seda semitransparente têm a cor do diamante com decotes profundos deixando entrever os tesouros aninhados por baixo.
As mangas abertas dos casacos são debruadas com finos bordados florais, de todas as cores imagináveis, do açafrão ao rosa, do azul-marinho ao verde, do roxo ao anil...
Caftans de mangas três-quartos de seda brilhante foram elegantemente presos a um lado, para revelar as coxas viçosas por baixo das calças bufantes cor de pistache, lilás ou nogueira, confortavelmente presas nos tornozelos, enquanto filigranas de ouro ou cintos de cristal incrustado de rubis enfeitam as barrigas à mostra.
Os botões dos casacos longos ou os cintos dos caftans ficam abertos para exibir melhor os pescoços decorados com ouro e esmeraldas...
Ornamentos de diamantes com penas de pavão ou garça, tiaras douradas e joias delicadas competem com flores verdadeiras; colares de pérola e coral faiscando entre as mechas de cabelo trançado que descem até os ombros...
Fileiras e mais fileiras de braceletes envolvem os pulsos brancos como neve, enchendo o ar com seu tilintar intangível e inimitável... Qual delas o agradará mais? Qual delas ele desejará? Binnaz dos olhos esmeraldas, que ela mantém fixos no Sultão, suas tranças douradas, que enfeitou com minúsculas flores de esmeralda, iguais aos seus olhos, ou a frágil e tímida Dilpezir, sorrindo imperceptivelmente, acentuando suas covinhas e com os longos cílios que arrematam seus olhos escuros lançando sombras em seu rosto? Ou será Mutebere, que se esforça para atrair a atenção do nosso amo ostentando seu cabelo encaraco-

lado que teima em cair sobre sua testa e o fio de pérolas e rubis que o adorna e afaga a própria face rosada num exibicionismo impossível de ignorar?

Ou irá a predileção do Soberano recair uma vez mais sobre essa nova jovem, a recatada e delicada loira cuja beleza os piratas berberes que a capturaram consideraram digna apenas do Sultão, essa sereia que eles passaram a chamar de Naksidil... Sim, é patente que Abdülhamid Han dá uma atenção especial a Naksidil. Askidil agora sabe que ela não tem esperança. Há tanto tempo os olhos do Sultão não se demoram nela ou... Ou meu magnífico amo se esforça para evitar olhar em sua direção? Ou quem sabe ele receia não ser capaz de se conter e retomar aquele pico de paixão com ela uma vez mais... Ele acredita que eu ignoro a excitação daquela noite que passaram juntos.

Æ

Meu Soberano: devo confessar que adoro os brincos que tão generosamente me enviou. Aqueles gloriosos cristais em forma de lágrimas dispostos como uma meia flor me emocionaram a ponto de me deixar sem palavras. Preciso agradecer.

Imagino se o seu olhar me pegou admirando os cristais do magnífico candelabro do grande salão do harém. Será que, de alguma forma, notou a afinidade que sinto por essa gema, meu amado Soberano? Se assim for, minha felicidade não tem comparação. Esse até pode ser um

sonho remoto, embora eu preferisse que fosse verdade, apenas imaginar que o senhor possa abrigar o desejo de acentuar meu prazer...
Eu comparei os cristais montados em ouro desses brincos elegantes a lágrimas; foi meu primeiro pensamento assim que os peguei.
Ainda assim, as lágrimas se juntaram para criar uma flor. Como a que tem estado no meu coração. Seu amor, que me fez derramar lágrimas, também inspira em mim uma felicidade sem par, como se eu possuísse a mais rara flor do universo.
É uma sensação tão extraordinária que meu coração adeja como um pássaro indefeso, me levando a sonhar acordada nas horas mais inoportunas e me obrigando a querer viver e reviver aquelas coisas que eu vivi e, oh, como me fazem regozijar na dor!
É impossível desvendar o mistério dessa afeição. Impossível.

Œ

A excitação no Salão Imperial atingiu o auge.
Mas eu estou calmo, solene e até distante, como se estivesse participando de um ritual que se repete constantemente.
Desesperadamente ocupado tentando controlar o tumulto dentro de mim, alheio a tudo o que acontece à minha volta, apesar de toda a esplêndida comoção ou do silêncio dominante.

Mas não me esquivo de supervisionar tudo diligentemente.

E não tenho dúvidas de que o orgulho por fazer bem o que me foi pedido especificamente pelo nosso amo, apesar de ser uma tarefa que execute raramente, se reflete em minha conduta.

Uma pessoa digna.
Um homem digno.
Sim, esta é minha imagem.

Um homem alto, que não nega suas origens, de semblante escuro. Ainda assim um homem com inesperados olhos verdes; um verde profundo que, ao vê-los, o interlocutor tenta abafar sua surpresa, um verde-musgo do fundo do mar... Quanto aos lábios grossos e as sobrancelhas negras, eles são meramente atávicos, oriundos de um lado de suas raízes étnicas. Um sorriso torto, exibido em raras ocasiões, revela dentes perolados; mas, como eu disse, essas ocasiões são bastante infrequentes. O nariz aquilino e o queixo com uma covinha profunda são dois dos traços pelos quais eu sempre agradeci! Em resumo, um homem cuja presença aqui e agora teria sido impossível, exceto pelo conhecimento dessa característica que faz dele o que ele é...

Na verdade, vir ao harém, ao próprio epicentro do harém, não está ao alcance de qualquer homem, salvo nosso Soberano. Mesmo quando os decretos extraordinários de nosso Magnífico Amo desvirtuam as regras...

Esta é a entrada para a câmara do Sultão no harém do Novo Palácio[10]; além dela está a vida particular do senhor do universo...

---

10 Palácio Topkapi: construído por ordem de Fatih Mehmet em 1475, foi residência dos sultões otomanos. (N. T.)

Quem sabe que maravilhas esse domo fabuloso e ornamentado do maior cômodo do harém testemunhou até agora...

Tudo aqui parece flutuar em um ambiente encantado... De dia, as luzes multicoloridas que filtram pelos vitrais no alto das paredes banham os divãs com uma sombra suave, enquanto à noite, as velas do candelabro de cristal que pende do domo refletem a luz dourada dos entalhes da colossal cúpula de madeira...

Minha Askidil sempre olha para esse candelabro, sem cessar ela observa os grandes cristais, as gemas esplêndidas extraídas das rochas, revestindo o grande anel suspenso por uma longa corrente. Dos castiçais de cristal entalhado às minúsculas esferas de cristal que acompanham a corrente passando pelas lágrimas, diferentes de todo o resto... Ela se deixa absorver pelo que é diferente, como ela mesma... O cristal que se mexe à menor brisa, o cristal que capta a luz e a reflete, enquanto a alimenta em sua densidade semitransparente. Essa gema incolor, clara como a água, era extraída de cavernas secretas gregas. Os mineiros, convencidos de que tinham criado o gelo eterno que jamais derreteria, chamaram esta gema de *êñýóôáëëïò*, que significa gelo. Essa aparência pura e clara tornou-se sinônimo de inocência e, por centenas de anos, o cristal manteve uma posição sólida em presentes sagrados.

Foi só por causa de Askidil que eu pesquisei intensamente sobre essa pedra. Afinal, o aprendizado não tem fim. Essa gema preciosa e muito dura costuma adornar caixas, tigelas, cálices, fivelas de cintos, brincos e colares do tesouro, mas, em minha opinião, em nenhum desses ornamentos ela tem essa forma perfeita; pessoalmente, acho que a forma mais adequada para o cristal de rocha é a lágrima. Como se lágrimas escorrendo da essência da rocha tivessem se congelado ao fluir... Askidil habita essa milagrosa metamorfose, essa transição sem paralelos, e então se move para sua própria conversão, eu sei bem... De minha parte, eu a vejo como o próprio cristal de rocha, essa gema que reflete a luz; eu vejo Askidil no cristal de rocha... Eu gostaria de presenteá-la com uma joia de cristal. Um dia talvez, quem sabe...

Æ

Eu coloquei os brincos, meu Soberano. Eu teria preferido passá-los pela ferida que o senhor abriu no meu coração e não pelos buracos das minhas orelhas, se eu pudesse rasgar a minha pele. As lágrimas de cristal são muito pesadas. Cheguei a me lembrar de quando furei as orelhas, revivi mais uma vez aquele momento. Eu me lembrei como a *Kalfa* calmamente furou o centro do lóbulo, usando a ponta de ouro de um brinco e limpou o sangue com um pano limpo, enquanto eu engolia as lágrimas e cerrava os dentes... O senhor sabe, meu amo, como cada mulher do harém usa um par de brincos o tempo todo. Todas se enfeitam para agradá-lo, para ter um toque de cor entre os cabelos... Para assim atraírem sua atenção... O principal objetivo não é satisfazer a si mesma. Sem falar da importância do valor; quem recusaria uma peça exclusiva de joalheria? Já se tornou um costume o senhor mandar uma joia para cada concubina de quem gosta na manhã seguinte à noite em que ela lhe causou deleite. As mulheres baseiam seu futuro no tipo e tamanho da joia. Eu me pergunto, será que o senhor escolhe as joias pessoalmente?

Œ

As musicistas escolhidas a dedo estão esperando em silêncio total desde que tomaram seus lugares no mezanino acima da área das *Kadinefendis*. Eu contribuí bastante para o treinamento delas. Até agora, um grupo de musicistas como esse jamais tinha sido visto no harém. Essas moças foram selecionadas entre incontáveis concubinas apenas e tão somente por sua excelência. De qualquer forma, o harém é uma escola, a mais rigorosa de todas; o mundo em geral pode pensar o que quiser, a maioria das mulheres aqui pode nunca ser avistada por seu amo, mas todas, sem exceção, recebem o melhor treinamento que existe.

Toda vez que nosso amo confia a mim a organização das festividades, desejoso de excelência além da perfeição, ele me ordena: "Você organiza, Jaffar!" e eu me esforço para me superar. Nosso Soberano jamais pousa os olhos no grupo de musicistas lá em cima, nem nas cantoras, apenas escuta a música. Em outras palavras, essas moças têm pouca chance de serem agraciadas com a lisonja do senhor do mundo, quer dizer, a menos que a voz excepcional de uma cantora atraia sua atenção. De qualquer modo, essas moças ascenderam, não por sua beleza física, mas por seu talento musical e foram treinadas durante anos para satisfazer o prazer musical do Sultão. Mesmo assim, uma vez ou outra, a Hazinedar Kalfa pode decidir que uma das musicistas é adequada para a cama do Soberano, ordenando que a moça sirva o café no salão; que o amo avalie a garota, se ele gostar dela, tanto melhor...

Æ

Senhor do meu desejo.
Desde aquele dia tenho pensado sem cessar se devo acreditar ou não em coincidências. Foi coincidência a *Kalfa* ter decidido colocar esta sua devotada súdita em sua direção, perto da parte dianteira da plataforma almofadada naquela ocasião? Ou foi o que chamam de destino? Ela não me instruiu a lhe servir café ou *sorbet*, então posso presumir com segurança que ela não tinha intenção de me exibir; aliás, é totalmente possível que ela estivesse trabalhando numa garota totalmente diferente. Ainda assim, naquele momento em que o senhor virou repentinamente a cabeça e fixou em mim seus olhos penetrantes, escuros como a noite, eu deixei de baixar os olhos como manda o costume, ou por pura excitação por estar tão perto do senhor ou porque decidi deliberadamente encontrar seu olhar e foi assim que tudo começou. Quando nossos olhos se cruzaram foi como se o apocalipse tivesse ocorrido, e só nós dois podíamos senti-lo. Nem mesmo o apocalipse dura para sempre e aconteceu o mesmo com o nosso dia, ele se aquietou, mas a atração entre nós continuou... Minha vida mudou, talvez a sua também. A única mudança visível na minha vida, para ser honesta, foi ir para a ala no térreo, para o Alojamento das Favoritas, na manhã seguinte à noite em sua abençoada cama. Agora estou deitada no meu colchão no quarto onde ficam outras mulheres que o senhor também favoreceu, por mais na ponta que seja o meu lugar... As *ikbals*, a quem o senhor favorece com mais frequência, e as honoráveis *Kadinefendis*, que lhe deram filhos, vivem em quartos próprios; dado o pouco amor que grassa entre elas, este é de longe o melhor lugar. Ficar num canto distante do alojamento não me incomoda muito; aliás, posso ficar sozinha quando busco solidão. Assim, posso pensar no senhor, pensar no amor...

Eu sei que o surpreendi, Majestade, estou certa disso. Senti isso nos últimos abraços que me deu. Foi como se estivesse abraçando alguém pela primeira vez na vida. Como se todos os abraços que deu antes tivessem sido apagados, como se estivesse tentando entender a força que fluía de mim para o senhor. Para mim, o senhor é a própria personificação do amor. Eu preciso de amor. Creio que sempre precisei de amor. O senhor nunca poderá me dar o amor que eu desejo, isso eu sei. Cabe a mim viver esse amor dentro de mim, à minha maneira.

TT

Mulheres.
Os encantadores ornamentos do meu mundo.
Dizem que a solidão é reservada apenas para Alá.
Minhas mulheres fazem minha vida valer a pena e eu nunca deixo de dar atenção a elas.

As mulheres que têm a honra de agraciar minha cama, ou por escolha da *Kalfa* ou por chamar minha atenção, tendem a ser muito semelhantes no todo. A monotonia de seu comportamento me deixa atônito, embora eu saiba muito bem que todas receberam o mesmo treinamento. Uma submissão respeitosa, embora se apresentem como uma deliciosa refeição servida na mais rara travessa...

Só uma vez experimentei algo diferente, pouco tempo atrás, e isso foi como uma punhalada. Eu jamais teria imaginado que me afetaria tanto.

A mulher na minha cama era diferente.

O prazer que me deu foi diferente. Quase perdi o controle, tornando-me uma pessoa diferente. Naquela noite, até o romper do dia, quase me tornei outro homem quando abracei aquela mulher. Também me assustei um pouco, incapaz de me reconhecer; foi como estar caminhando descalço em terreno desconhecido, a primavera explodindo em todas as partes; um dragão poderia aparecer a qualquer momento e nenhuma voz me aconselhava a ter cuidado; mas eu não estava disposto a dar importância.

A mulher na minha cama estava tão enlevada que nada lhe importava, ela se tornou o amor personificado, nós nos fundimos em um rio cálido. Nós dois. Não apenas eu, como estou acostumado. Ela era tão sensual, tão imersa na beleza do amor que eu não conseguia desviar meus olhos dela.

Surpreendente.
Assustador.
Maravilhoso.

Ela deve ter sido treinada no palácio, como as outras, ou não apareceria diante de meus olhos no harém. Portanto, ela deve ter sido educada exatamente da mesma maneira que todas as outras. Mas ela parecia ignorar todas as regras que lhe foram impostas; bem o oposto, aliás... Então as mulheres são capazes de sentir prazer e demonstrar o gozo tanto quanto os homens. Eu adorei, mas é difícil dizer isso. Resistir a uma atração dessa magnitude exercitando meu poder pareceu ser o caminho mais seguro.

Œ

O trono do Sultão está pronto, os tapetes bordados com fios de ouro foram colocados e as almofadas de sede vermelha, adornadas de pérolas, esmeraldas e rubis, bem como o assento forrado de tecido floral persa, tudo foi devidamente posicionado... Esse antigo trono elevado é como o centro do universo... Um divã com encosto alto sobre um pedestal é semelhante a um trono dentro de um trono... Seu dossel, repousando sobre colunas de mármore, é decorado com desenhos numa miríade de cores, o frontão como se fosse a indicação do próprio reino com suas linhas douradas. E ele é preso de cada lado, embaixo, em suportes entalhados... De fato, esse é o limite que separa o Soberano de maneira elegante, embora inequivocamente, de seus súditos. Cada detalhe é um símbolo de poder. Essa cena magnífica só se completa quando o proprietário toma seu lugar. É só quando os espelhos de cristal espalhados entre os bordados florais do dossel começam a luzir com o brilho dos diamantes e as cores das esmeraldas e dos rubis no brasão do Sultão do Mundo que a majestade desse trono vem à vida... Se me perguntassem, eu questionaria os azulejos florais azuis e brancos arrematados pela dança harmoniosa do vermelho coral e dourado que emolduram o colossal salão imperial; e eles foram especificamente trazidos da cidade de Delft nas terras flamengas, famosa por seus azulejos. Eles foram instalados nas paredes do harém, agora é a moda...

Mas o gosto do nosso amo e senhor não é para ser questionado; dele é o poder, dele é o comando.

Æ

Luz da minh'alma.
Eu subi ao sétimo céu quando estive com o senhor. Agora fui banida para a terra do sofrimento, ansiando pelo senhor. Desejo em vão o calor da sua respiração. O senhor me considerou merecedora da sua afeição uma única vez; me fez feliz de um modo indescritível, depois me exilou do seu sagrado coração, me fazendo mergulhar em um mar de tristeza. Incapaz de resistir à minha humanidade, eu me apaixonei... Sentir seu amor dentro de mim é igual a me sentir viva. Arranque um e a outra também desaparece. Longe de mim discernir seus pensamentos, meu senhor. O senhor já não deseja esta devotada súdita em sua presença ou em sua cama sagrada. Precisa saber que a lembrança daquela única noite que passei em seu abraço será a única que eu acalentarei até o fim dos meus dias. Não pense, por um momento sequer, que é a lembrança de uma noite passada com o Sultão! Não, pense nela como uma recordação do meu amor. Como diz a inscrição sobre seu sagrado colchão, só a chave do amor pode abrir essa porta para a felicidade...
Escrever-lhe cartas, meu Sultão, me dirigir ao meu amado, é o único consolo da minha vida. Claro que jamais tentarei mandar essas cartas que me atrevi a escrever. As que escrevi até agora e todas as outras que estão por serem escritas... Ainda assim, talvez um dia, se eu for capaz de reunir coragem... Quem sabe. Ansiei pelo senhor mesmo durante os momentos maravilhosos em que estávamos tão perto, sentindo profundamente a transitoriedade do tempo. Como minhas humildes palavras podem expressar isso? O inevitável é igual aos seixos que recobrem o caminho das nossas vidas; é impossível não pisar neles.

A tristeza envolve meu ser quando penso no senhor e na minha situação, ela se enrola em mim, tão tênue quanto a mortalha que nos cobrirá a todos quando o dia chegar; eu me submeto, sem resistir.

O senhor está tão perto de mim, mas tão longe. Seus olhos de carvão me seguem constantemente; não preciso da sua presença para que seus olhos vejam os meus.

Estremeço silenciosamente e um profundo suspiro me sacode.

Essa será toda a indicação, caso alguém se digne a me observar; eu jamais pensaria em reclamar. Nem falo do meu amor com ninguém daqui. Elas não são capazes de compreender um amor como este, nem eu quero isso delas. É verdade, eu não compartilharia meu amor com ninguém, nem mesmo com o senhor. Quem sabe, talvez seja por essa razão que as mulheres do harém gostam de mim; eu não compartilho meus problemas ou minhas dores com ninguém.

Eu sei que estou destinada a viver com esse amor não correspondido; é a minha sina.

Quem pode desafiar o destino?

De vez em quando eu desejo questionar a vida, mas desisto e me envolvo nessa familiar gaze transparente, a minha tristeza. Minha leal companheira, que jamais me abandona. A certeza de que ela nunca se afastará de mim é um estranho conforto, como um galho a que posso me agarrar.

É assim que passo os meus dias...

Œ

O arranjo das frutas que serão servidas ao nosso benfeitor, o Sultão, requer tal habilidade e coordenação que, apesar da presença de muitos criados de posição inferior, apenas a Hazinedar Kalfa tem qualificação para executar essa tarefa. O provador-chefe experimenta todas de antemão. Quando é uma fruta colhida da árvore, que não é um alimento cozido antes de ser servido, a cautela deve ser suprema. Essas frutas são guardadas no porão imperial até o último instante para que estejam ainda saborosas quando forem servidas ao Senhor do Universo. Como fiquei encarregado dos preparativos de todo o evento dessa noite, dei instruções para que os figos maduros e as uvas rosadas fossem colocados cuidadosamente nas fruteiras de porcelana com incrustações de rubi. Os figos verdes e as uvas brancas deveriam combinar com o verde da crisólita formando belas flores na fruteira de louça.

As fruteiras foram então dispostas nas mesas baixas com marchetaria de madrepérola e casco de tartaruga, para melhor apresentar ao nosso amo esses manjares do final do verão, as frutas do paraíso... Para realçar a beleza da louça comprada na China algum tempo atrás, os joalheiros da corte aplicaram pedras preciosas nos desenhos, dispondo as gemas delicadamente nas armações de ouro com formato de flores, uma a uma... Assim foram criadas essas obras de arte dignas do Sultão, que refletem seu refinado gosto otomano, cada peça tão exótica quanto uma joia...

E rosas em vasos solitários de prata, espalhados entre as fruteiras preciosas; recém-cortadas, colhidas no jardim imperial. Para a ocasião, mandei que colhessem flores de cores rosa pálido e malva, evitando as verme-

lhas e as amarelas, para que não roubassem o brilho das frutas...
As frutas, descansando sobre o gelo, ainda trazem suas flores... A cor dos cachos de uva, transbordando dos recipientes, reflete nas bandejas de prata, como numa sensual antecipação de serem devoradas...
Cada vez que olho para as frutas, meu olhar se fixa nas torneiras de ouro do lavatório ao lado do trono e, especificamente, no trabalho em relevo ao estilo europeu na fonte de mármore: ele imita bem as frutas verdadeiras, frutas de mármore dispostas em recipientes de mármore, para conter os respingos de água, um elemento insignificante no esplendor do recinto...
O espelho de cristal com moldura de madrepérola, no outro lado do trono, irradia luz para todo o salão imperial, digno de dar o nome de salão do espelho a esse cômodo colossal... Dito isso, há outros espelhos aqui: espelhos ovais nas janelas de cima, lugar reservado para as mais privilegiadas que se sentam ali.
O fato de haver uma porta oculta por trás do grande espelho, que dá para a sala das frutas, favorita do Sultão Ahmed III[11], pai de Abdülhamid Han, é informação privilegiada de alguns poucos.
Mas só um punhado deles ainda deve estar vivo para talvez se lembrar quando Ahmed Han usou esta passagem pela última vez e por qual motivo...

---
11 Sultão do Império Otomano que assumiu o trono em 1703. (N. T.)

TT

A mim me parece incongruente desfrutar de prazeres dada a condição do país. Mas a corte é assim.
Eu sou, a uma só vez, o dono desse universo, glamoroso e inesgotável, e seu prisioneiro; como o invasor na fronteira, candidato à destruição iminente, pronto para ser abatido a qualquer momento...
É uma verdade aceita universalmente que um vento político desfavorável pode derrubar meu trono instantaneamente, por mais que eu exiba um semblante corajoso.
É por isso que me apresento de maneira majestosa, digna, impositiva, ereta: o soberano.
Eu sou o sultão dos sonhos.
Continuo a me distrair.
Eu me pergunto quantas dessas beldades que esperam meu prazer estão cientes da minha determinação para defender os desvalidos, o quanto eu me esforço pessoalmente para manter os pobres ou como eu calculo a quantidade de pães assados a cada fornada... Como eu alerto o governador toda vez que os armazéns ficam sem grãos... Como eu visito os padeiros à paisana e experimento os pães, descartando os que não contêm trigo, que são feitos de milho e cevada... Como eu investigo a situação toda vez que as lojas ficam sem óleo, velas ou sabão...
O quanto eu me empenho para manter a ordem pública...
Que nenhum desses problemas deixa minha mente por um minuto sequer...
Como elas poderiam saber? Elas só precisam saber se enfeitar, serem gentis, talentosas e ter boas maneiras.
Ou será que elas pensam por que eu decido frequentemente ir às orações de sexta-feira em mesquitas que não dispõem de um setor imperial?

Eu nunca gostei desses setores, uma tradição antiga, imitada diligentemente por cada arquiteto. Eu sempre preferi me prostrar no mesmo espaço reservado ao resto da congregação nas mesquitas, esses locais sagrados, a me acomodar em um nível mais alto, de certa maneira me separam do resto da assistência...

E também quantas poderiam adivinhar a frequência com que eu vaguei disfarçado pelos cantos mais remotos da cidade desde que subi ao trono, misturando-me ao homem comum, para assistir ao funeral de algum dos meus servos mais humildes?

Nunca tive o hábito de discutir minhas ideias com minhas concubinas e mulheres... Mesmo assim, é altamente provável que algumas delas inspecionem o mundo de maneira igualmente inquisitiva, especialmente aquela bela e fogosa que me surpreendeu e me assustou tão inesperadamente...

Tanto faz; a vida está destinada a seguir o curso previsto. Na direção da sorte que me foi determinada, quando ela sorriu para mim no momento em que eu acreditava ter chegado ao final dos meus dias...

Œ

E, finalmente, o ser tão longamente esperado adentra o salão.

O homem que mudou o curso da minha vida. O homem a cujo serviço eu fui entregue ainda criança e em quem, mesmo naquela tenra idade, eu causei uma impressão tão boa, com boas maneiras, obediência e, acima de tudo, inteligência; o homem cuja solidão e também aspirações eu tive a chance de compartilhar através dos anos que ele passou confinado. O homem que alterou minha vida quando disse que não poderia viver sem mim. O homem, sejamos honestos, sem o qual a vida para mim teria sido inconcebível.

Esse homem moreno e maduro de barba escura, sobrancelhas negras e espessas e rosto encovado; o único dono do Estado inteiro e senhor do harém é o centro do universo para todas as mulheres aqui dentro. Alto e magro, sua majestade é indiscutível, apesar de seus ombros ligeiramente curvados como se ele carregasse um peso invisível.

E o verão de sua vida já ficou bem para trás; agora ele está no outono da sua existência.

Ele caminha devagar, majestosamente, em direção ao trono. Ele se senta, auxiliado pelos eunucos, se recosta nas almofadas bordadas com pérolas, os eunucos ainda circulando à sua volta, exatamente como eu os instruí.

Sobre suas costas, um volumoso caftan de seda vermelha, o forro de pele protegendo-o do frio da noite. Sua calça bufante de seda verde é presa na cintura por uma faixa larga dourada em vez do cinto com fivela de pedras preciosas. Linhas contínuas de diamantes formam os fechos do caftan, igual aos trajes de seu irmão, o Sultão Mustafá.

Anéis nos dedos e uma adaga ornamentada inteiramente de diamantes enfeita seu cinto; mas há uma joia que ele usa que apaga todo o resto... Poucas pessoas na corte conseguiriam evitar olhar para o brasão em seu turbante...

Æ

Luz dos meus olhos, meu Amo.
Se eu lhe contasse que meu coração está em pedaços, que cada pedaço lhe pertence e que cada um sente dor separadamente, o senhor pararia para pensar por um momento? Iria saber que aquela hora em que pousou brevemente sua cabeça em meu abdômen, na única noite em que estivemos juntos, para mim valeu uma vida inteira? Ou mesmo que eu não ousaria comparar o calor inigualável que seu olhar despertou nas minhas entranhas quando me abraçou ao mais aprazível dia de primavera? E que essas cartas, que nunca lerá, são meu único remédio?

Œ

O brasão é uma visão tão maravilhosa, algo jamais visto. Como um punhado de raios de sol engastados para todo o sempre nesse berço dourado.

Ou como se uma gota de água, cuja clareza jamais foi testemunhada, tivesse se petrificado e se envolvido no turbante do meu senhor. As palavras me faltam; ele desafia minha imaginação.

Ele é chamado de "diamante do artesão de colheres"[12]...

Um denso penacho de penas vermelhas e brilhantes de fênix sai dos diamantes que rodeiam o brasão, abrin-

---

12 Conhecido como *Spoonmaker*: tem 86 quilates e está atualmente na Câmara do Tesouro no Museu do Palácio Topkapi. (N. T.)

do-se como um leque... Realmente, está para ser visto brasão tão magnífico... Estaria o Sultão tentando ocultar a falta de atrativos em seu semblante com essa resplandecência? Escondendo sua inegável idade avançada por trás do brilho sem par do diamante... Meu Sultão Abdülhamid Han é famoso por seu amor pelas joias e sabe-se que esse diamante fenomenal é seu predileto.

Essa joia excepcional tem sido resguardada como o diamante mais puro do tesouro otomano há mais de um século, desde os tempos de seu avô, o Sultão Mehmed Han.

Ainda assim, nem seu avô, nem seu pai, não, não o governante daquele tempo dos mais esplêndidos, Ahmed Han, nem, de fato, seu irmão mais velho, Mustafá Han, conhecido por apreciar o esplendor, ao ponto de a parte da frente de seus caftans ser incrustada de diamantes de cima a baixo, teria pensado em usar o este diamente no brasão. Foi meu amo que o transformou em joia; eu me lembro bem como ele mandou circundá-lo com quarenta e nove brilhantes engastados em ouro.

Essa gema única foi descoberta nas ruínas da cidade de Egrikapi, na época do avô dele, Mehmed, o Caçador; sabendo da notícia, o joalheiro-chefe da corte não perdeu tempo em comprá-lo e acrescentá-lo ao tesouro.

Diz a lenda que o diamante foi trocado por algumas colheres; só que ninguém viu essas colheres, nem o artesão delas; também é possível que ninguém tenha pensado em registrar detalhes. Há quem alegue que esse diamante foi encontrado em algum tesouro desencavado de uma masmorra grega perto daqui.

Mas ninguém jamais saberá a verdade; de qualquer forma, seja qual for a história desse diamante, ele permanecerá no tesouro do meu amo para todo o sempre, muito embora ninguém possa afirmar com certeza qual cabeça dinástica ele adornará no futuro.

Æ

O meu Soberano tem medo? Ou é corajoso? O senhor me ensinou a amar; agora está me ensinando a sofrer? Oh, fosse eu capaz de mandá-lo embora dos meus pensamentos por um instante, se desfrutasse um momento de paz... Eu não sei qual outra aflição poderia ser comparada a sofrer tão implacavelmente. Uma depressão enlouquecedora bem no coração, um peso que sufoca, tristeza, tristeza, tristeza... E, por outro lado, um desejo selvagem de voar, a ansiedade inimitável inspirada por um sentimento avassalador... É como entregar com cuidado infinito uma taça de *sorbet* ao nosso Amo e Senhor e olhar no fundo de seus olhos enquanto faço isso...

Eu lhe pergunto: teve medo de se viciar em tal paixão, em fazer amor assim ou até mesmo de mim?

Fugiu do meu amor para que minha paixão não o magoasse também? Incapaz de ceder a essa sensualidade que poderia fazê-lo esquivar-se de todas suas outras mulheres?

É altamente provável que eu jamais saiba a resposta.

Ainda assim, sabe que permanece uma esperança escondida no fundo da minha alma o tempo todo? Sim, é essa mesma esperança que permite a pessoa sentir o poder de suportar, que a revitaliza e a torna a heroína de tantas quimeras.

Œ

A música que já tinha começado suavemente elevou-se em reação ao sinal feito com a cabeça pelo eunuco negro que dirige as festividades quando nosso *Padisah* Sultão entrou na câmara.

Eu também me deixei levar por um breve instante. As melodias românticas penetraram em mim e meu olhar pousou na mesma mulher; ela, ela novamente, apenas ela...

Sem hesitação, saí desse mundo de sonhos e me concentrei inteiramente em nosso amo e senhor: ele está sendo bem servido, está satisfeito o nosso benfeitor, ele está animado? Comecei a acompanhar tudo, como dita o procedimento, dignamente. Abdülhamid Han recostou-se e passou os olhos pelas beldades ao seu redor, sem pressa. Em seu semblante, a inimitável, a habitual expressão de surpresa... A expressão a que há muito tempo eu me acostumei, a expressão que sobressalta aqueles que a veem pela primeira vez.

Quando estendeu a mão para as uvas na fruteira diante dele, o rubi redondo de seu anel faiscou juntamente com as grandes uvas do cacho. Um rubi do tamanho das frutas, com a mesma forma e a mesma cor; quiçá a única diferença seja a dureza.

Estou observando de lado; tudo progride como uma cerimônia encantada. A *Kalfa* se adianta. Esta dama privilegiada, que está no topo do protocolo administrativo do harém, que merece um salário substancial, é a única mulher que é responsável pela vida das concubinas criadas, que rege a todas com rígida disciplina.

Ágil, ela se move e pega da mão da concubina a taça de cristal com borda dourada cheia do *sorbet* de amora-preta tão apreciado pelo sultão, uma elegância displicente permeando sua postura e, com a mesma elegância vagarosa, ela a coloca no centro da bandeja desenhada a ouro, inclinando-se profundamente diante de seu amo e senhor em sinal de reverência.

Esse *sorbet* é feito com as mais finas amoras-pretas, vindas de longe, das montanhas a oeste da Anatólia, as amoras da aldeia de Canbazli, em Tiro... Os mais finos frutos e legumes são colhidos para agradar ao sultão, como suas concubinas... As *ikbals* do Padisah Sultão inspecionam sub-repticiamente a concubina que o está servindo, por mais que tenham ganhado um lugar no coração dele "e seja qual for a natureza desse lugar", sentadas orgulhosamente em seu lugar de direito, seus corações estão partidos.

O favor do Soberano pode estar com as *ikbals* no momento, embora nenhuma tenha certeza de sua posição. Nenhuma jamais teve. Não há certeza sobre o amanhã na corte, não há como descansar sobre os próprios louros. Uma nova concorrente pode usurpar sua posição a qualquer momento; basta um instante de fantasia. A única vantagem pode ser engravidar, a garantia mais concreta, pelo menos por um tempo...

Æ

Sua Majestade, meu Sultão.
Parece que eu precisava de tempo para ter essa percepção. Eu revisitei aquela única noite que passei em sua cama sagrada, em seu ságrado abraço, uma e outra vez, e finalmente compreendi, sim, eu compreendi o meu So-

berano. Eu me deliciei tanto com seu amor e demonstrei tão desavergonhada, desinibida e sinceramente o meu prazer que o assustei. Até a *Kalfa* deve ter se alarmado ao observar sua augusta cama " e as coisas que ela deve ter testemunhado até hoje! " porque, dessa vez, não foi o nosso Glorioso Senhor que expressou sua satisfação, como é costumeiro. Oh, não, foi diferente nessa ocasião, foi sua humilde concubina que fora abençoada pela primeira vez com a oportunidade de agradá-lo e cujos gemidos transformaram-se em gritos abruptos, cada vez mais altos e mais e mais frequentes.

Tal licenciosidade foi, é claro, inteiramente inesperada; o longo e árduo treinamento no harém proibia isso.

De fato, foi justamente o oposto do que era esperado; erradicar sua própria personalidade para servir à Sombra de Alá na Terra, existindo apenas para agradá-lo e certamente não para satisfazer seus próprios desejos insignificantes.

Diga-me honestamente, meu Sultão: aquela torrente de prazer o amedrontou?

Não foi o que pude perceber na hora; pelo contrário, eu ousei presumir que o senhor gostou de dar prazer à mulher em seus braços. O senhor se comportou como uma criança orgulhosa por exibir seus talentos, tentando aumentar meus gritos de prazer com suas carícias suaves; é inteiramente possível que tenha feito tudo isso instintivamente.

Assim que notei como eu apreciava sua barba áspera roçando em meu rosto, em meu pescoço e minha garganta, eu comecei a sentir que aquilo quase me doía. Sabe que os vestígios desse toque suave ficaram em mim por muito tempo, dias... não, semanas depois?

Como poderia saber? Nunca mais estivemos juntos, nunca mais fizemos amor.

Eu tinha imaginado que isso seria o paraíso quando, naquela noite, nossos olhos se encontraram enquanto o senhor me abraçava pela cintura e me puxava para si, sabendo que esses eram pensamentos pecaminosos ou, na verdade, que me tinham sido inculcados como pecaminosos.

Oh, como pensei nessa questão do pecado depois... Sabe que, por mais que me rejeite, nunca poderá tirar de mim esses momentos que vivi?

Agora sou uma mulher muito diferente daquela que não tinha ainda vivido esses momentos.

Dizem, que a vida de cada pessoa tem um grande marco, um traço em seu destino; o meu foi aquela noite, meu Soberano.

Eu entendi o sentido da vida no dia seguinte.

Eu agradeci ao meu deus por ter nos abençoado com a faculdade chamada memória; a memória que é marcada por recordações indeléveis de experiências plenamente vividas...

E senti pena de quem não teve tais experiências, não, foi uma sensação violenta de piedade que se apossou de mim.

E, graças ao senhor, eu me tornei bem versada nas artes da leitura e da escrita, por isso, por mais modestas que possam ser minhas habilidades nessa arte, eu possuo capacidade suficiente para expressar minhas emoções. A bem da verdade, eu chego a ser elogiada por meus humildes esforços em caligrafia.

Desde que seja capaz de expressar minhas ideias, minhas experiências e meus sonhos no papel e transferir os produtos da minha mente em frases, eu sinto como se um lenço úmido refrescasse minha cabeça febril.

O conhecimento de que minhas cartas jamais encontrarão o caminho até suas mãos me libera, meu amado Soberano, não se surpreenda com o conflito! Ou eu teria refreado minha mão, escrevendo de maneira muito mais reservada.

Embora o senhor continue sendo meu único correspondente. O senhor poderia argumentar: não é a mim que ama, mas ao amor em si. Poderia dizer, você nunca conheceu outro homem... Eu não saberia dizer.

Œ

Meu amo, o Sultão, agora observa as dançarinas. Essas mulheres criadas com arte pelo meu deus ondulam suas finas cinturas além da capacidade da maioria dos humanos, enquanto mexem a cabeça, girando os ágeis punhos envoltos em gaze transparente e meneando as mãos brancas como as asas de um cisne, seus coletes revelando os seios altos e o olhar cheio de promessas enquanto os cabelos na altura da cintura são jogados de um lado para o outro...
E eu? Eu também observo abertamente. Mas não se espera que eu desvie o olhar. Minhas emoções e meus desejos são ignorados. Pois meus desejos foram todos erradicados e meu coração também murchou junto com outra parte do meu corpo. Mas a verdade é bem diferente...
Eu ainda exibir barba, que aparo diligentemente todo dia, é algo aceito como consequência de minha entrada relativamente tardia nesse estado, por isso ninguém repara nela.
Nossa Soberana Majestade observa, mas, para dizer a verdade, ele o faz um tanto apaticamente. Seria difícil captar até a sombra dos cílios das dançarinas girando

diante dele, de tão ágeis que elas são. O que pode estar preocupando o Sultão do Universo? O que o absorve tanto? Serão problemas da Terra, a carestia ou os inimigos que ameaçam dos quatro lados? Ou será a beldade bósnia que abaixa a cabeça timidamente assim que seus olhos pousam sobre ela? Sim, eu sei que meu amo está tentando ocultar sua preocupação; eu sei e o compreendo bem. Desde que seu olhar evite Askidil; este poderoso monarca está obcecado por essa missão... O engraçado é que eu também estou sofrendo o mesmo destino, eu também estou tentando evitar olhar para ela...

TT

Eu não faço ideia por que meu leal servo hesitou quando eu lhe perguntei abruptamente: "Você acha que é uma empreitada fácil comprometer-se profundamente com alguém, do fundo do coração, Jaffar? Sabe essa minha concubina chamada Askidil? Aquela com quem me deitei outro dia? De qualquer forma, você conhece tudo e todos no harém, eu não deveria ter de perguntar". Ele também terá notado meu estranho medo? Ele mudou de assunto, evitando habilmente responder à minha pergunta... Devo confessar que não insisti; era um assunto difícil de discutir.

Foi a primeira vez que eu vi esse homem desde que ele tomara aquela decisão irrevogável. Ele ficou lívido. Estava decidido a me abrir com ele. Exatamente do mesmo modo que eu aliviava meu coração naqueles dias longínquos... Ia falar sobre como achava essa moça especial, mas estava determinado a não me deixar levar pelo coração, já que encontrara nela uma personalidade totalmente excepcional e forte, e como isso tanto me atraía quanto me assustava. Verdade seja dita, Jaffar é um confidente improvável para tais assuntos do coração e do corpo, esse pobre homem emasculado... Ainda assim, algo dentro de mim murmura que esse homem estranho ainda possui um grau de sensibilidade nessa questão. Essa garota personifica o nome... Askidil. Amor do coração. A que roubou meu coração. Ela não é a primeira a roubar meu coração, para ser justo, mas essa é a primeira vez que fico ao mesmo tempo surpreso e abalado. Pois nunca tinha vivenciado algo assim até agora. Seja como for, fiquei nervoso com a perspectiva de me comprometer emocionalmente, ainda mais com a ideia de ser escravizado por uma mulher tão cheia de luxúria, uma mulher que exibe sua paixão de forma tão desinibida... O fato de eu ser o monarca não faz diferença. Imediatamente, busquei consolo em outras beldades, como outros sultões antes de mim que demonstraram uma profunda fraqueza. A ideia de servidão, por mais remota que seja, é algo a que resistirei com toda minha alma e meu corpo, um inimigo com quem sempre lutarei.

    A escravidão é uma ferida profundamente entranhada na minha alma.

    Meus antepassados tiveram essa fraqueza que eu temo: Süleyman, o Magnífico, que ficou tão deslumbrado de amor por Hürrem que se casou com ela; o mesmo fez Osman, o Jovem, com Akile; e o Sultão Ibrahim com Hümasah, ao ponto de essas mulheres terem ficado conhecidas como conquistadoras dos senhores do universo. O melhor é não sucumbir aos próprios medos!

    Eu sou o chefe do Augusto Estado. A minha decisão deve ser absoluta agora.

Æ

Meu Augusto Otomano! E meu Amado! É fato sabido que lhe falta convicção: convicção para amar. Foi o meu fervor que o assustou, meu Glorioso Han? Foi a paixão desta jovem mulher que repentinamente entrou em sua vida e se aninhou em seu regaço, a paixão que superou em muito a sua que o amedrontou? Eu estou furiosa. Lamentavelmente, nenhuma quantidade de fúria é capaz de apagar o fogo do amor ou aliviar a dor do golpe que se instalou em minhas entranhas... Pode até ser que o fogo continue ardendo porque eu ainda o atiço, não querendo permitir nenhuma pausa; eu não sei dizer. O amor que sinto pelo senhor provavelmente tenta me dizer coisas, talvez que eu não seja capaz de sobreviver, não sem o senhor, mas sem amor. Que eu não teria como dar um suspiro sequer sem amor.

Eu gostaria de lhe contar uma historieta, com a qual sinto uma relação...

Há centenas de anos, a mais linda de todas as princesas se apaixonou por um pobre acrobata; os amantes fugiram para as montanhas de Aydin; os guardas os perseguiram até a amoreira, sob a qual os amantes se escondiam. Os guardas os mataram ali mesmo; o sangue dos amantes manchou tão profundamente as raízes da árvore, que ela passou a dar amoras-pretas a partir daquele momento.

Este é o triste conto romântico da amora-preta, que faz aquele *sorbet* que o senhor tanto aprecia... Meu coração machucado teria prazer em lhe oferecer o *sorbet* do amor, embora o senhor rejeite essa oferenda...

Œ

Relembrar aqueles dias sempre me faz reviver o mesmo terror, me abala até os ossos. E, por mais que eu tente, não consigo apagá-los da lembrança, eles continuam me seguindo como um interminável pesadelo. Sem falar na dor insuportável, por mais que seja difícil imaginar a existência de tamanha agonia. Não, não é a dor física que me faz gemer sempre que me lembro. Uma decisão. A decisão mais difícil que um homem pode tomar. Uma situação desconhecida. Uma proposta desconhecida. Uma reação desconhecida. Estar disposto... Essa única decisão que tomei alterou toda a minha vida.

E aqui estou eu.

No lugar onde era para estar. No harém. Na posição que deveria ocupar. A mais excepcional de todas nessas circunstâncias. Eu jamais quis dar voz à palavra "arrependimento", não, nem pensar nela, embora o que está instalado no meu coração seja como cinzas empilhadas numa lareira, como a fuligem tão entranhada que é impossível se livrar dela. Nem eu quero isso. Talvez esse seja o meu único consolo. Minha história começou com a libertação de minha mãe, uma serva escrava originária da Abissínia; sua presteza e alegre disposição lhe angariaram privilégios na casa de um paxá. Dando-lhe um dote, ele a casou com um aprendiz bósnio do palacete, antes que a sua pele escura se enrugasse quando sorrisse, antes que suas covinhas desaparecessem e seus olhos escuros se enevoassem.

Eu puxei de minha mãe a cor escura da pele e os olhos esverdeados de meu pai. O sorriso, de minha mãe e a altura, de meu pai. Eu me eximo de falsa modéstia; minha inteligência e meu talento despontaram desde a tenra idade. Pode ser que essas características tenham me trazido até minha atual posição privilegiada... Ou foi o ofício que escolhi, arqueiro... O que quer que o destino tenha guardado para mim, eu fui muito cedo na vida aprendiz de um mestre, um mestre que fabricava arcos e flechas.

Entalhar o bordo e dobrá-lo suavemente, terminando suas pontas, costas e curva, calculando o ângulo para obter a melhor flexibilidade, reforçando o arco com tiras finas de chifre, flexíveis e duráveis, fixando os tendões de boi com tensão, mas com a quantidade certa de umidade... Depois vem a fabricação das flechas de pinho, que é um material totalmente diferente.

Como eu poderia saber que essa ocupação me tiraria do humilde começo e me arrastaria até aqui...

Acontece que um dos príncipes confinados, chamado Abdülhamid, irmão do então Sultão Padisah, expressou interesse por esse ofício. Pelo menos foi o que me disseram na época. Muito tempo depois eu descobri que foi uma trama para mantê-lo afastado da ciência, do conhecimento profundo. Ao oferecer-lhe o mais inócuo dos passatempos, conseguiram entretê-lo por muitas horas em uma atividade que exigiria muito de seu corpo, mas não desenvolveria sua mente...

Por isso eles passaram a procurar alguém suficientemente hábil para introduzi-lo nos conceitos do arco e flecha, alguém que iniciaria o príncipe nessa ocupação; esse alguém tinha de ser gentil e bem-educado, é claro. Acabaram encontrando a mim, não só para servir e distrair o príncipe, mas também como companhia. Foi essa minha entrada para a corte, de onde não há retorno...

Na época em que fui nomeado seu criado, Abdülhamid Han já era adulto, não era mais criança ou um homem jovem. Ainda assim eu consegui trazer um sorriso ao rosto desse príncipe que era conhecido por pouco sorrir; formou-se um elo entre nós que continua até hoje.

Compartilhei de seus dias mais sombrios, repletos de medo, preocupação e desespero. Aliviei a dor do príncipe na curvatura impecável dos arcos, depositei suas frustrações nas peças transversais tensionadas e lancei seus temores para longe nas pontas afiadas das flechas, sempre dividindo com ele seu fardo.

Æ

Meu Sultão Padisah, luz do meu coração. Surge um novo dia em seu harém... O senhor sabe qual de nós faz o quê? Ou sequer tem desejo de sabê-lo? O dia começa cedo. Bem antes das orações do amanhecer.

As abluções antes das preces são feitas nos quartos e alojamentos e depois o contingente inteiro ora junto, mulheres que têm o mesmo destino pedem a Deus como se fossem uma só.

O desjejum é outra cerimônia. As bandejas são trazidas das cozinhas e colocadas nas mesas giratórias na entrada do harém, pois assim os criados que as carregam jamais poderão ver as mulheres lá dentro.

Depois cada uma vai cuidar de seus afazeres. Outra oportunidade para separar as privilegiadas do resto.

Alguma dessas coisas lhe desperta o mínimo interesse, meu querido amo?

Œ

É uma verdade bem conhecida que para servir ao meu Soberano, meu Senhor Eterno, que esforçar-me para antecipar seus desejos é ofício que conheço bem. Como eu era jovem quando fui apresentado a ele. E ele, como era tímido e infeliz... Não era desejo original de meu amo aprender a fazer arcos e flechas. Ele queria conversar com cientistas e conhecer a ciência; infelizmente, o sultão naquele momento, seu irmão mais velho Mustafá Han, ordenara outra coisa, considerando a companhia de arcos e flechas mais benéfica do que aquela de um grupo de estudiosos.

Assim, embora não coubesse a mim, eu me tornei o professor daquele homem solitário, o altivo, embora sempre polido, filho de um soberano. Foi um desafio ensinar um ofício ao próprio príncipe. Eu posso ter me tornado um mestre arqueiro muito cedo; diante de mim estava um homem que passara anos confinado, um membro da dinastia do Augusto Estado, o desesperado protagonista de uma vida tecida por contrastes, um homem tão pouco reverenciado quanto era incansável sua custódia.

Ele sabia muito bem que jamais mataria o filho de qualquer homem que fosse e, de qualquer modo, esse não era o seu objetivo. Ele logo descobriu as variadas riquezas oferecidas pelo arco e flecha; na verdade, foi uma jornada que empreendemos juntos...

Era parcialmente a excelência em concluir bem alguma coisa, saber que havia fabricado algo... Além de poder observar aquilo feito com as próprias mãos. Chegar a algum lugar tendo mente e corpo extenuados, mesmo isso não sendo tão desafiador quanto as ciências. E aprender a apreciar os objetos.

E, claro, mexer constantemente com as armas mais poderosas com as quais seus antepassados conquistaram o universo.

Seguir os passos de governantes que valorizavam esse emblema de masculinidade, competitividade e talento, marcando os alvos de longa distância por centenas de anos. Esses foram os significados que saltavam das flechas e se disseminavam pelos arcos.

Foi assim que passamos os dias. Um ofício, uma busca, o que juntou esses dois destinos.

Æ

Sua Majestade, Luz da minh'alma.

Verá facilmente como nossos passados convergiram na escravidão.

"Daqui em diante, você se chamará Askidil! Não quero mais ouvi-la sendo chamada pelo seu nome antigo, nem quero que você o diga; a partir de agora, essa pessoa não existe mais!"

Estas foram as palavras que canalizaram o curso da minha vida até o senhor. Um mundo novo foi formado para mim nos apinhados corredores do harém.

Estreito, mas igualmente amplo.

Askidil... O amor do coração, o coração com amor... Como a *Kalfa* sabia que meu coração seria mergulhado em amor tão profundo... Depois passei a acreditar que os nomes dirigem nosso caminho. Os nomes se tornam sinônimos de seus portadores.

O amor determinou minha vida, o amor a conduziu, o amor a formou e a sustentou.
Meu Sultão, na essência, sua história não é muito diferente da minha. O senhor também passou a maior parte de sua infância e juventude como prisioneiro, igual a mim. E no mesmo lugar também, no harém do Império Otomano.
Quando me trouxeram para cá, seu período de aprisionamento recém-terminara, mas começara um novo, o aprisionamento da soberania...
O senhor se lembrava daqueles dias passados, mesmo que subconscientemente, aquela longa espera no setor especial do harém, por tantos anos, assustado...
Nunca sabendo se o que o aguardava era a morte ou o trono...

Œ

Nunca deixo de me envolver numa melancolia indescritível ao revisitar aqueles dias. Se eu pudesse estender a mão e tocar no meu antigo eu, naquele jovem simples e despreocupado, se pudesse dar um único passo para trás e não sair de casa naquele dia... Não, não, é tarde demais para pensar em tudo isso.
Foi um dos primeiros dias desde a ascensão dele ao trono do Império Otomano; eu havia me retirado para minha modesta casa na cidade quando o Sultão Abdülhamid me convocou à corte. Seria a primeira vez que nos veríamos desde que ele assumira o poder. De repen-

te, eu tinha alcançado a estonteante altura de um mestre que transmitira uma arte para um Padisah. Como o mestre joalheiro Constantine, que treinara o grande Süleyman, o Magnífico, quando ele era príncipe. Süleyman sempre reverenciou e protegeu os joalheiros, graças ao seu antigo mestre que, então, trabalhou para o avanço de seu ofício... Ele pode ter mudado, é claro, o homem que compartilhou seu destino e desespero comigo todos aqueles anos. Mesmo assim, devo confessar que eu esperava um modesto elogio, alguma aclamação.

Entrei timidamente na sala de audiências; beijei a barra de seu manto e aguardei, de cabeça baixa.

E esperei; mas as palavras que ouviria não eram as que eu esperava escutar.

O Senhor do Universo me queria o mais perto possível; dentro do palácio, dentro de sua residência, numa posição permanente e destacada.

Essa posição exigia um sacrifício, aliás, nada comum; era um sacrifício considerável, um sacrifício incomparável.

Repentinamente ele falou o que era, propondo que eu me submetesse à castração e entrasse para o harém como um *agha*.

Ele falou o que estava pensando de um fôlego só.

Queria tratar pessoalmente desse assunto delicado, mas eu não estava em condições de apreciar o significado de sua graciosa consideração.

Ainda me lembro como meus ouvidos zumbiram, como se eu estivesse dentro de uma tempestade.

Ele me deu tempo para pensar, o que, em si, é um ato extraordinário. Ele não ordenou, era meramente uma proposta. Os monarcas raramente propõem algo, eles costumam mandar. Mas ele, meu Augusto Mestre, era diferente de outros governantes; era possuidor de misericórdia, capaz de se afastar da tradição, tornando-se um personagem excepcional, como acabara de demonstrar.

Ele estava bastante ciente da importância do que eu iria sacrificar; deve ter pensado longamente sobre o assunto.
Eu me mantive em silêncio, imóvel, tentando me recuperar da tontura que tomou conta de mim.

Æ

Luz da minh'alma, Sua Majestade.
Eu sei que há uma história por trás de tudo; o senhor passou o reinado de dois sultões encarcerado. E nenhum era tão próximo quanto seu irmão Mustafá, que era menos distante do que os dois filhos de seu tio Mustafá... Ambos, tendo compartilhado a mesma vida de confinamento com o pai deles, foram refinados durante todo o esplêndido reinado de seu pai. Tiveram até que lidar, ainda presos, com a morte altamente suspeita do próprio pai. Depois daquela época magnífica no Palácio de Edirne também.
Como é tortuoso o destino e como era cruel essa ordem de coisas. Verdade seja dita, seria ingenuidade esperar que eles agissem com piedade quando foi a vez de eles reinarem, após tanto tempo presos...
Eu sei o quanto o senhor deve ter pensado no mundo exterior durante aqueles dias e noites intermináveis, um mundo no qual jamais vivera. Tentador e alarmante ao mesmo tempo.
Eu fui mais afortunada; eu vivi nele, experimentei esse mundo, embora por pouco tempo.

O senhor era uma criança de cinco anos apenas; não tinha como saber dos eventos que cercaram a deposição de seu pai ou como seu hábitat se contraiu tão bruscamente. Não tinha como saber da terrível revolução nem das cabeças que rolaram ou foram sacrificadas. Deu seus primeiros passos na prisão enquanto ainda era um bebê no colo de sua bela mãe, Sermi Hatun, sim, quase um nenê...

TT

O encarceramento no Simsirlik[13], uma vida confinada, foi verdadeiramente difícil. Pertencer a uma dinastia, mas sem ser filho, ser meramente irmão ou primo. Representar uma ameaça ao monarca, isso é como alimentar um fogo vagarosamente, fogo que pode levantar chamas a qualquer momento. Basta uma atiçada firme e nada pode evitar que as chamas se espalhem... Às vezes, as paredes do meu minúsculo alojamento no harém se fechavam sobre mim como uma verdadeira jaula. Como se fossem se dobrar sobre mim a qualquer instante... As portas trancadas e as janelas com grades nunca se abrindo...

Eu me sentia enterrado vivo. Mas com uma diferença: os mortos não crescem e se desenvolvem na tumba.

---

13 Simsirlik: prisão para príncipes herdeiros no harém. (N. T.)

Pelo contrário, apodrecem. E eu estava naquele túmulo desde que me conhecia por gente, desde criança, e depois, jovem, adolescente e homem maduro. Cercado por criados cuja tarefa era garantir que eu ficasse vivo, embora sentissem só um pouco mais de compaixão por mim do que teriam por um prisioneiro, verdadeiros guardas, seria mais apropriado dizer. Mas a poucos passos de distância estava o chefe do Império Otomano, cuja paz era mais perturbada por minha presença e minha relação próxima... Mas, nos últimos estágios, havia um eunuco, o chefe deles, que me visitava com frequência; ele devia ser muito misericordioso e conhecia a história. Ele condenava a injustiça cometida contra meu pai; um homem sem igual, um pouco mais velho... Por muitos anos nunca vi outro espaço além do pequeno pátio do harém aonde eu era levado em dias ensolarados para tomar ar fresco...

Eu costumava hesitar diante da bandeja das refeições, antes de levar à boca cada bocado, me perguntando quando eu teria o mesmo destino do meu inocente irmão Mehmet, uma pitada de veneno na sopa condimentada. Eu tinha ouvido seus gemidos que vinham da porta ao lado, seus últimos estertores... Isso foi cerca de um ano antes da ascensão de meu outro irmão Mustafá, vinte e seis dias mais moço que Mehmet, durante o reinado de Osman, filho do meu tio.

Que Osman não era benquisto era evidente, conforme me contaram às escondidas; ele viveu seu breve reinado perseguido por dúvidas e problemas imaginários. Por isso não surpreende ele não querer a sobrevivência de seu provável herdeiro, o grande príncipe, meu irmão Mehmet, um dos príncipes ilustres a quem meu pai oferecera uma esplêndida festa de circuncisão que ficou famosa. E ninguém foi capaz de dizer nada sobre os fatos. Mustafá era o próximo na linha de sucessão.

Ele devia saber que destino esperava seu irmão; ele não ficou tão atônito quanto eu. Sempre estivera ciente da ameaça de envenenamento, até me contara sobre ela... Eu sei como, infalivelmente, ele costumava engolir um pedacinho de veneno todo dia, apesar dos pedidos do desesperado eunuco que o atendia impecavelmente; engolia veneno aos poucos para imunizar seu organismo, para se habituar aos efeitos caso o veneno o atacasse... Não faço ideia de como ele conseguia o veneno; o que eu sei é que esse era o motivo para seu semblante pálido, sua face macerada, seus olhos protuberantes e os círculos escuros sob eles. Quanto a mim, me submeti ao meu destino na minha prisão. Eu não iria resistir. Meu alívio constante era a aceitação, a aquiescência. Eu esperava. Esperava. Esperava. Esperei por muitos e longos anos.

Œ

Meu Sultão nomeou imediatamente o médico-chefe para essa operação sensível. Verdade seja dita, não era o campo dele. Mas essa era uma circunstância excepcional. O fato de que o curso de minha vida ia ser alterado. O rosto do médico-chefe nunca saiu da minha cabeça. Um homem pequeno, de mãos finas, cabelo e barba grisalhos. Seus olhos eram gentis, ele era incapaz de disfarçar sua piedade. Um homem que tentou ocultar a gravidade da operação – que obscurecera seu semblante – que estava para executar coçando a barba. Não era comum um homem adulto ser castrado. Isso só tinha acontecido uma vez na corte otomana e há muito tempo, durante o reinado do Sultão Selim II. Selim Han teve dois companheiros favoritos durante seu período de educação em Manisa como príncipe herdeiro, dois irmãos húngaros, Gazanfer[14] e Jaffar. Não podendo manter os irmãos quando recebeu a notícia sobre o pai, Süleyman, o Magnífico, agora que sua ascensão ao trono estava assegurada, ele pediu a eles para fazerem a operação para que ficassem perto dele, como *aghas* do harém; eles aceitaram. Jaffar não sobreviveu à operação, mas Gazanfer, sim; começando como eunuco do harém, ele subiu à posição de Agha da Morada da Felicidade, descobrindo os prazeres alternativos que a vida reservava para um homem poderoso, terminando por construir a famosa madrasa[15] Gazanfer Agha em Konstantiniye[16], financiando vários cientistas e artistas, recebendo em troca grande aclamação. Ele sempre desfrutou da total confiança de seu amo e senhor. Isso é tudo o que sabemos. O que não sabemos é se Gazanfer chegou a se arrepender de sua decisão.

Se ele foi ou não um homem feliz não está registrado.

Tudo isso passava pela minha mente incansavelmente.

Até aquele ponto, só rapazes jovens tinham sido castrados contra sua vontade, antes de terem provado do amor, antes de terem encontrado o prazer.

Quanto a mim...

Eu conhecia bem o que estava deixando para trás, oh, como conhecia bem!

Eu tinha exatamente vinte e nove anos.

---

14 Gazanfer Agha foi executado em uma rebelião em 1603. (N. T.)
15 Madrasa é um grupo de edificações para o ensinamento da teologia islâmica e lei religiosa, normalmente incluindo uma mesquita. (N. T.)
16 Constantinopla. (N. T.)

O médico-chefe não tinha intenção de me ferir... E ele não tinha encontrado um caso assim em todos os seus anos de cirurgia. Mas ele não tinha como resistir ou objetar a seu benfeitor. Ele se esforçou para fazer suas mãos pararem de tremer e parecer calmo.

O fato de eu ser homônino de Jaffar que não resistira à operação também deve tê-lo perturbado. Eu não posso, com toda honestidade, fingir que isso não me deixava bastante desconcertado. Era tamanho o peso que pressionava meu coração, tamanha a escuridão que envolvia minha alma, que a morte não parecia uma perspectiva mais repulsiva ou intimidadora.

Eu estava tomado por emoções conflitantes.

A ambição e o hábito da obediência; estes dois companheiros estranhos e díspares de alguma forma tinham se encontrado e me levado a tomar aquela decisão.

A mais estranha que um homem saudável podia tomar à luz fria do dia.

Só que o desejo de estar o mais perto possível do meu amo tivera seu papel...

Eu ainda podia mudar de ideia.

O que teria acontecido se eu houvesse mudado de ideia?

Jamais vou saber.

Æ

Sultão do meu coração. Que estranho é ficar voltando à única vez em que fizemos amor, comparando-a a uma batalha, eu que nunca estive em um campo de batalha. Nem o senhor, meu amo, não é verdade? O senhor nunca esteve em campanhas como seus ancestrais; nunca pisou em um campo de batalha. Era tarde demais, mesmo; quando ganhou o direito de sentar-se nesse trono sublime, seus dias de juventude já tinham ficado para trás. Tinha chegado aos cinquenta... Mesmo que assim não fosse, aqueles dias já tinham ido embora.

Muitos longos anos já tinham se passado desde que ilustres senhores otomanos lideraram seus exércitos em batalha. Já fazia tempo que a habilidade residia em nomear um comandante em chefe adequado. Desnecessário dizer que eu não aprendi tudo isso no treinamento tradicional do harém; as outras mulheres não desejam extenuar o cérebro com tais questões. Sabe aquele velho eunuco, o que é meu amigo? Sempre que tem oportunidade ele me conta sobre os tempos antigos. Ninguém além de mim tem curiosidade, por isso só nós dois conversamos sobre essas informações interessantes da história. Sümbül Agha fala da infância e da juventude do senhor; é por isso que o conheço tão bem, meu Sultão, talvez até mais do que possa conceber... Pode ser por isso que eu o amo tanto e a tudo o que faz por mim. Por exemplo, eu sei que era uma criancinha de cinco anos e meio quando foi colocado na prisão do harém que chamam de Simsirlik, inocente demais para saber quantos anos teria de passar ali. Sua querida e amada mãe, Rabia Sermi Kadinefendi, deve ter apertado sua mão com força quando passou pela porta ou talvez o carregou nos braços; o senhor era o seu único apoio, era um filho da nobre linhagem otomana...

Teria a dona dessa mão compadecida imaginado que ela estava destinada a abandoná-lo apenas dois anos depois, quando faleceu? Mas como Sermi Kadin deve ter se alegrado cinco anos antes quando deu à luz ao meu Sultão... Ela deve ter pensado que esse privilégio de parir um príncipe herdeiro da dinastia otomana era um presente divino. Devia ter razão, na época foi realmente uma bênção. Os deuses podem favorecer alguém, mas também podem torná-lo imbecilizado... Esplêndidas celebrações marcaram seu nascimento e aqueles eram tempos para comemorações, época de luzes multicoloridas que refletiam nas tulipas uma miríade de cores. A época de riachos prateados serpenteando por cursos de mármore em jardins floridos, o paraíso na Terra. Era a época para ser poeta, quando os poetas saboreavam sua poesia, quando essa era a mais sublime das ocupações. Ainda lemos os versos de Nedim[17] em nossos saraus, não é mesmo? Em seu deleite, seu pai, Ahmed Han, encomendou uma fonte nova em Üsküdar, cujas inscrições fluíram da pena de Nedim; graças a Sümbül Agha eu sei de tudo isso!

O senhor não tinha como saber quando entrou na prisão que ficaria ali durante quarenta e quatro anos, que seu mundo consistiria de quatro paredes; de qualquer modo, não tinha como entender o significado de sua presença ali. Era o filho precioso no colo da mãe. Como poderia ter notado as terríveis preocupações de sua doce mãe, o temor da morte, do esquecimento, a perspectiva de ser nada após aquele magnífico reinado... Seu pai, Padisah Ahmed Han, fora forçado a abdicar. Foi a única maneira de garantir a segurança dele e a vida de seus filhos, inclusive a sua...

---

17 Famoso poeta da era da Tulipa. (N. T.)

A CONCUBINA

E agora o senhor, o filho mais moço do Sultão Ahmed, xá da era das Tulipas e senhor do Sadabad[18], é o Han do Império Otomano. Que sua prole seja numerosa...

Œ

Madeira, chifre, tendão de animal e cola. E flechas de pinho... Estas foram as primeiras coisas que nos ligaram. Depois nos tornamos inseparáveis. O número de elos cresceu... Primeiro ele fez me mudarem para o salão principal, como se eu tivesse sido criado para tal posição privilegiada, depois me nomeou chefe do pessoal do salão principal. Muitos sonhavam com esse honrado cargo, daí meu grande número de adversários. E, finalmente, chegar à posição de Agha da Morada da Felicidade, chefiando o harém inteiro. Ser o homem cuja palavra é a mais valiosa em todo o palácio.
Ser o homem a quem todos temem e todos querem agradar.
Ser o homem cuja influência é virtualmente ilimitada.
Era uma posição tal que significava estar à frente de tudo, na doença e na saúde, na vida e na morte; por exemplo, informando o príncipe confinado sobre a boa notícia e cumprimentando-o, convencendo-o de que isso não era uma tentativa de assassinato, exibindo o corpo de seu antecessor, pegando-o pelos braços, junto com o Silahtar Agha[19] e

---
18 Local de piquenique popular na era da Tulipa. (N. T.)
19 Guardião da espada do sultão. (N. T.)

sentando-o no trono, já preparado, e proclamando-o novo regente da Casa de Osman... E até sendo o único *agha* que por direito assume seu lugar na hora do funeral do Sultão... Sinceramente, tudo isso estava muito além dos meus sonhos; se fosse um sonho, ninguém acreditaria nele...
Mas a que preço...

TT

É preciso ter em mente que até a liberdade de vagar por essa terra de intrincados e espaçosos salões, salas, alojamentos, escadarias, patamares e passagens secretas, tudo isso intramuros do harém, é realmente uma bênção.

Não há momento em que eu não seja lembrado daqueles dias que passei trancado na prisão quando caminho por aqui, quer dizer, em lugares apropriados para caminhar. E, em particular, aquelas horas mais terríveis...

Aquele deve ter sido o dia mais apavorante na minha vida confinada, o dia do grande terremoto, o dia mais negro do reinado do meu falecido irmão Mustafá.

A porta trancada não se abriu por um longo tempo; as rachaduras das paredes antigas e grossas do harém, o estrépito das louças se quebrando e os gritos dos que fugiam dos alojamentos eram uma coisa só, mas o ribombar era insuportável e eu não sabia de onde ele vinha. Os gritos e lamentos prosseguiram por horas.

E estar trancado nessas circunstâncias, com as paredes inclinando-se em nossa direção... Felizmente, meu leal

súdito Jaffar estava comigo; nos abraçamos e ficamos firmes, temerosos e submissos.
Alguém acabou lembrando de destrancar a porta. A desculpa tinha sido preparada: todos estavam gelados de medo, as mãos tremendo... Mas a vigilância quando nos guardavam, evitando que víssemos quem quer que fosse ou quando nos levavam para o jardim, era exemplar.
Portanto, quem estava na prisão era dispensável; esse fato surgiu mais uma vez. Essa sensação de "ser dispensável" jamais me deixou; ela se prendeu à minha alma, não se vai; mesmo quando estou me distraindo, ela se revela a partir dos recônditos mais profundos da minha mente, nas horas mais felizes, como se, caso a esquecesse, fosse desperdiçar todas as experiências antes de me tornar o senhor do universo. E eu não consigo me livrar do sentimento de insegurança.
Isso pode explicar a confiança em Jaffar...

Œ

A concubina subiu a escada que leva ao Salão da Sultana mãe, inconsciente de meus olhos sobre ela. Mas meus olhos e meu coração estão fixos nela.
Mesmo sem uma sultana viúva viva, o nome desse salão é inviolável, uma indicação do domínio das imperatrizes viúvas em todo o harém há centenas de anos...
Naturalmente esse é um dos locais mais imponentes, abrigando um domo adornado com decorações ao estilo de um arco-íris, iluminado por um candelabro de

cristal, a lareira entalhada, as paredes coloridas por azulejos raros...

Salões com domos são domínios exclusivos de membros da dinastia, como se sabe, não é qualquer cômodo que pode ter um domo. Esse chamativo privilégio no palácio é reservado apenas para o Padisah, sua mãe e o príncipe herdeiro... As decorações dessas salas também são excepcionais; a tentativa de embelezar o harém na moda atual começa por essas salas da elite.

Askidil sempre faz isso, se demora aqui, ela admira a paisagem pintada na parede lateral, eu sei. Quando seus olhos caem sobre a pintura, em algum ponto da escada, ela desaparece na cena. Essa moça é atraente por seu cabelo dourado, pelas íris azul-escuras e pelo andar ondulante; ela tem uma atitude diferente, sua percepção é diferente. Não sei se foi isso que me fez gostar dela, mas eu sempre me senti atraído pelo que é diferente, isso até pode ter mudado minha vida. Oh, pois bem.

Duas colunas ornamentadas são retratadas na parede, envoltas por galhos cheios de flores... Uma paisagem marinha entre as colunas: uma linha costeira que serpenteia a perder de vista, barcos navegando a distância, ondas, montanhas longínquas e estradas que partem dali; no plano dianteiro, uma ponte solitária, provavelmente chamando a concubina, uma ponte que lhe promete as distantes terras imaginárias do afresco...

Sim, eu posso sentir; minha Askidil deseja atravessar essa ponte, passar por ela em direção ao desconhecido. Mas ela é como um pássaro cujas asas foram cortadas; ela não consegue voar. E se pudesse voar? O que eu faria? É melhor para ela ficar aqui, ansiando pela distância, mas perto de mim, mesmo que não ao meu lado ou no meu regaço.

Se a concubina fosse capaz de passar pelas altas árvores de ambos os lados da pintura, impávida, é provável que esquecesse que ainda está aprisionada entre as paredes escuras do harém... Isso não passa de um quadro, uma cena imaginária feita de tintas; a última paixão do Soberano – cuidado para não se deixar enganar. Essas pinturas foram aplicadas recentemente às paredes do harém. Como elas são diferentes dos azulejos ou dos entalhes antigos. Como são convincentes. Quem vê esses reflexos do mais novo interesse do nosso amo fica aturdido. Pode-se até acreditar que montanhas e mares abandonaram seus lugares e se fixaram nas paredes do palácio! Eu sei que essas pinturas alimentam os sonhos da concubina. Essa moça possui uma diferença, algo extraordinário. Seria muito difícil alguém resistir ao seu apelo ao se aproximar dela, se, é claro, o coração da pessoa fosse capaz de ver além da beleza.

Æ

Sua Majestade, meu Sultão.
Que bela ideia embelezar as paredes do harém com pinturas! Esse seu recente interesse ilumina nossas mentes e refresca nossas almas, alegrando as paredes escuras do harém com representações desses tentadores palácios marinhos. Eu quase poderia desaparecer nessas cenas.
Aquele magnífico palacete que aparece entre as camadas de cortinas e borlas, aquele que os mestres dispuseram bem no topo da parede, o que tem janelas que se abrem para o jardim de ciprestes, igual ao seu gazebo

imperial, cercado de devotados criados, como parece real! Quanto às paisagens marinhas que enfeitam as paredes da sala de café no patamar das *Kadinefendis*... Aquele mar que se espalha em ambos os lados da porta, e os palácios costeiros, virtualmente no nível do mar... Eu até poderia apreciar descansar à sombra dos ciprestes. A rotunda de colunas inserida no meio parece tão real que não é de esperar que uma bela mulher abra uma janela e espie para fora por uns instantes? E as colinas verdejantes ao fundo, sumindo de vista. É para onde eu iria. Ou navegaria para longe, levada pelas velas infladas pelo vento dos barcos que flutuam no mar...

Quando o contingente inteiro do harém vai para os palácios de verão, todas nós nos indagamos quais outras maravilhas os mestres terão colocado nas paredes na nossa ausência. É isso que enriquece nossas vidas enclausuradas.

O senhor sabe, meu Soberano, que agora toda mulher quer essas pinturas no próprio quarto, essa é a nova moda... Elas competem com os jardins de papel que eu mesma faço, não com o mesmo grau de refinamento, deixemos as coisas claras...

Os bordados na cornija da lareira no quarto que abriga sua cama sagrada jamais abandonam minha mente. As rosas vermelhas em relevo são uma lembrança colorida da nossa única noite juntos...

Essas representações de flores por todo o harém, tulipas, jacintos, violetas e galhos que se entrelaçam graciosamente transformaram o lugar num verdadeiro jardim imperial. Os olhos que descansam sobre as alegres rosas se distraem momentaneamente, as almas se reanimam, os medos se afastam.

A única coisa que elas não conseguem fazer é satisfazer a fome em meu coração, a fome que eu tento acalmar com meus jardins de papel...

Œ

O preço que eu tive de pagar para chegar a esse posto foi muito alto, sim. Mas eu também abrigava um segredo, que ninguém conhecia, um segredo que possivelmente tornou esse preço ainda mais alto. Depende do ponto de vista... O médico-chefe lutou para desempenhar a operação que me tiraria a masculinidade por toda a eternidade; quem o observasse de perto teria percebido que ele não estava em condição de fazer justiça a esse dever. Primeiramente, ele estava altamente relutante e tentou ocultar ao máximo esse fato; além disso, foi incapaz de esconder a compaixão que sentia por mim... E, finalmente, ele não havia feito nenhuma operação de castração no passado; ele foi encarregado dessa tarefa tão somente devido à alta consideração que me era dedicada e não por causa de sua experiência. Meu nobre amo considerava que apenas seu médico particular, o melhor profissional, era suficiente para mim! Essa era a extensão do problema.

Eu sei como as mãos dele tremiam. Eu sofri muito por causa disso, a despeito de todo o ópio que ele me dera de antemão. Quem sabe ele próprio tomou um pouco de ópio medicinal! Mais tarde, ninguém sentiu necessidade (ou não ousou) de verificar o sucesso da operação. Aliás, quem teria feito isso a não ser o executor da cirurgia? Ele não achou necessário; tudo o que fez foi um curativo e o fez com má vontade. É provável que ele tenha objetado em voltar a essa questão. Eu entendo a sua relutância. Foi só muito depois, após ter passado um longo tempo, quando a dor recrudesceu e as incisões cicatrizaram, que eu compreendi minha condição. Eu não havia deixado minha masculinidade inteiramente para trás. Era essencial, contudo, que eu não confidenciasse isso a ninguém e, mais fundamental ainda, jamais deixasse que isso se refletisse na minha conduta...

TT

Eu esperei na prisão por um período interminável. Primeiro esperei através de todo o longo reinado de Mahmud, o filho do meu tio, o Mahmud de saúde fraca, magro e corcunda, uma deformação que nunca seria curada, causando-lhe grandes dores, as quais ele tentava dissipar erroneamente dormindo com incontáveis favoritos... Vinte e quatro anos... Eu não contei, me disseram. Ouvi muitos boatos e várias verdades na prisão. As notícias correm rápido no harém, dos *aghas* para as concubinas; meus dias, meses e anos foram passados ouvindo, não que eu objetasse.

Na minha gaiola, eu soube como Mahmud, enquanto se ocupava do combate aos bandidos da Anatólia e ao governante da terra do Irã, o Xá Nadir, ergueu um novo gazebo sustentado por vinte e duas colunas, no Palácio Besiktas – seu predileto, onde ele passava um bom tempo –, gastando nisso o equivalente ao tesouro egípcio.

Na prisão, eu soube como, apesar de não ser um monarca muito afeito a dar ordens de execução, ele mandou o executor-chefe estrangular o Kizlaragas i Hafiz Besir Agha, que havia ultrapassado os limites; a sentença foi executada no meio do mar, na Torre de Leandro.

No meu cárcere, eu também soube de coisas boas de Mahmud; como ele era hábil na música, como apoiava os músicos, como era especialmente bom no xadrez e do seu orgulho por seu recorde imbatível, como ele vendia secretamente as focas que ele mesmo talhava com maestria em hematita e entregava o dinheiro arrecadado com seu próprio esforço para caridade.

Um dia, eu soube que Mahmud tinha caído do cavalo quando voltava da audiência de sexta-feira e, assim que perceberam que ele não respirava, foi lavado e enterrado às pressas, tendo a curta duração do dia de inverno como motivo.

Na minha gaiola, eu soube que ele foi sepultado na tumba em Bahçekapi ao lado do pai, numa cerimônia modesta, e não na mesquita que levara tanto tempo para ser construída e à qual ele dedicara tanta atenção.

Eu também soube de outro rumor que me fez tremer até os ossos: como os leitores que recitavam o Corão ao lado do caixão de Mahmud saíram correndo apavorados quando ouviram vozes abafadas, gritos distantes e gemidos horríveis que emanavam do túmulo do sultão...

Soube que ninguém teve a presença de espírito de abrir a cova, e, se alguém a tivesse, não ousaria, pois não era do interesse de ninguém considerar a possibilidade de que podiam tê-lo enterrado vivo...

Mesmo assim não deixaram de informar o ocorrido à corte, ao novíssimo sultão e seu novo séquito.

E como, em decorrência disso tudo, ninguém nunca mais ouviu falar dos leitores ou do vigia da tumba desde aquele dia.

Na minha prisão, eu não fiquei surpreso.

Na minha gaiola, eu esperei então durante o reinado de menos de três anos do irmão três anos mais moço de Mahmud, Osman; o novo sultão, o mais velho de todos os monarcas otomanos na época de sua ascensão, entronizado aos cinquenta e cinco anos, após uma longa espera de cinquenta e um anos.

No meu cárcere, eu soube como o povo o responsabilizou pelo rigor do inverno que assolou a Cidade do Desejo do Mundo, congelando até os mares, e como os terríveis incêndios que arrasaram mais da metade da cidade, depois daquele inverno, foram novamente depositados a seus pés, o sultão do mau presságio, e, finalmente, como a peste dizimou a população, coroando tudo.

Na minha prisão, eu soube que Osman, aquele anão, desajeitado e esquisito sultão, baniu o contingente inteiro de musicistas, cantoras e dançarinas do harém e mandou pregar cravos de prata em seus sapatos para avisar às mulheres – a quem ele desprezava – para se dispersarem quando ele se aproximasse.

Na minha jaula, eu não fiquei surpreso. Eu soube como Osman, grande apreciador das roupas à paisana, tomava as ruas em mil disfarces diferentes, apesar dos reveladores ombros caídos e a barriga redonda.

Eu soube como ele gostava de engolir, montado a cavalo, tortas, panquecas, *kebabs*, nozes assadas e até pudins de leite comprados dos mercadores na rua, em vez dos manjares cuidadosamente preparados nas cozinhas do palácio.

Na minha prisão eu soube como, quando ele ouvia na rua os elogios hipócritas de pessoas que o reconheciam em seu disfarce, mas fingiam que não, ele as recompensava, só que sem conseguir superar sua parcimônia, dando a elas somente algumas moedas.

Nem Mahmud nem Osman geraram filhos.

Havia rumores de que meu pai havia secretamente "cuidado disso" durante os anos deles no cárcere, mas ninguém sabia ou queria saber a verdade.

Sim, tantos rumores e histórias passavam por aquelas portas estreitas, janelas pequenas e paredes altas da jaula...

Felizmente, no momento ela está desocupada, embora fosse adequada para abrigar Selim, o príncipe herdeiro! Eu decretei que Selim resida nos Alojamentos do Príncipe Herdeiro, embora eu raramente permita que ele saia. O legado do meu falecido irmão está diante dos meus próprios olhos, sob a proteção da minha compaixão...

Contudo, é meu desejo que a era da prisão chegue ao fim, que os príncipes herdeiros não sejam mais aprisionados; quero ser lembrado como o monarca que pôs fim a todo esse sofrimento.

Æ

Meu Amo, Luz dos meus olhos. Eu gostaria tanto de me sentar e conversar longamente com o senhor, como o seu séquito que tanto invejo, seus amigos abençoados, poder sentar a pouca distância do senhor e contar-lhe histórias, conversar sobre o mundo do qual pouco vi na minha infância e sobre o que acontece em terras longínquas...

Minha história tem início no tempo feliz do reinado de seu irmão, Sultão Mahmud. Eu fui criada como órfã, protegida por sua amada irmã, Sultana Esma, no seu palácio. Tudo o que sei do meu passado é que vim dos Bálcãs. Eu me lembrava dos nomes de meu pai e minha mãe, só isso. Não me contaram muito mais. Por muitos anos fui instruída a não me lembrar deles. Tinha de fazer o oposto, era estimulada a não pensar no meu passado nem a mencioná-lo. Quando se tem uma disciplina rígida desde cedo, você obedece; o desespero e o tempo encobrem esse passado com uma manta grossa.

De qualquer forma, por anos eu acreditei que minha vida começou com a chegada ao palácio da Sultana Esma. Portanto, eu fui mimada como a protegida de um membro da dinastia, destinada, muito provavelmente, ao harém imperial, este harém sublime, desde o começo. Como sempre digo, graças ao meu cérebro.

Sua Alteza Imperial Sultana Esma sempre foi altamente valorizada; viúva duas vezes, seu glorioso irmão, Sultão Mustafá, a abençoou com o casamento com Muhsinzade Mehmet Pasa e suas bodas foram celebradas no opulento Palácio Kadirga, após o qual o seu marido foi agraciado com o posto de grão-vizir, obtendo assim riquezas e propriedades inimagináveis, como é bem sabido por todos.

A Sultana Esma não só trouxe boa fortuna ao distrito de Kadirga como também me equipou com conhecimento e boas maneiras. Ela era a sultana das belas-artes. Adorava a beleza, a inteligência e o talento, sabia apreciá-los. Também sabia mostrar a gratidão que sentia pelo senhor, meu amado Soberano... Por isso ela me presenteou ao seu harém após sua ascensão ao trono.

Eu me tornei um presente da coroação, junto com muitas outras. Eu era muito jovem, devia ter uns catorze anos. E demorou muito mais para que me notasse...

Fui treinada novamente no harém para agradá-lo, como as outras moças. Claro que agradá-lo não se limita a dar-lhe prazer na cama. Todas as mulheres do harém têm de saber como ficar bonitas, elegantes e bem vestidas para lhe apresentar um ambiente de encantamento. Todas as musicistas e cantoras devem evitar o menor erro para que o senhor desfrute ao máximo da música, as dançarinas devem ter habilidades exóticas para que o senhor sinta prazer ao observá-las. Suas concubinas devem ser versadas em qualquer assunto e saber ler e escrever, além de gostar de poesia, para que o senhor nunca se canse da companhia delas.

Todas as suas criadas devem fazer bem o trabalho, para que sua morada seja igual ao próprio paraíso; sua comida e bebida devem ser servidas cerimoniosamente e todos os confortos devem estar disponíveis.

O currículo aqui era exemplar. Eu sempre afirmarei que seria difícil encontrar escola mais dura que o harém. Eu desenvolvi bastante meu treinamento musical, minha habilidade manual evoluiu com os bordados; quanto à dança, o senhor bem sabe que eu amo dançar e tenho talento para tal. O que mais gosto é tocar pandeiro. Eu me encontro no ritmo monótono e na magia do seu tilintar... É por isso que sempre sou escalada para tocar pandeiro.

Eu aprendi a ler e escrever enquanto ainda morava com Sua Alteza Imperial a Sultana. Eu costumava considerar minha caligrafia refinada; certamente ela surpreenderia os mestres. Eu sempre abriguei o desejo de usar as mãos, de expressar meus sentimentos mais profundos com as mãos. Agora comecei a criar meus jardins de papel, algo que sempre me intrigou. Eu chegarei a manejar a tesoura com precisão total. À minha modesta maneira, de agora em diante eu me esforçarei para desenvolver minha habilidade em cortar papel.

Justamente quando o senhor passou a admirar pinturas de jardins nas paredes...

TT

Todo aquele tempo em que esperei na prisão, eu tentei não pensar se era meu destino chefiar o Império Otomano. Eu usei toda a minha força de vontade para impedir minha mente de explorar essa direção. Dito isso, não há outro objetivo para nós...

A primeira coisa que aprendi naquele tempo foi a não contar os anos.

A segunda foi a fabricação de arcos e flechas; eu me tornei algo como um mestre. Era o sentir o bordo – e captar sua essência – com o qual eu trabalhava que de início me ocupava. E depois como transformá-la em arma mortal, ao cortar habilmente a madeira e moldá-la exaustivamente, mesmo que não tivesse a mínima inclinação para jamais utilizar o resultado e tirar uma vida.

Na melhor das hipóteses, eu poderia mirar num alvo estático...

Ao devotar com disposição a maior parte do meu tempo a essa arte, usando o equipamento mais sensível para chegar à calibração mais exata, eu sentia prazer não apenas por estar criando uma obra de arte, mas também por manter a realidade afastada...

Jaffar fora nomeado e se devotava a me ensinar essa arte. E, um dia, seu calor humano transpareceu quando ele me fez provar a alegria de criar algo junto com ele, os arcos eram uma mera desculpa... Nós dois criarmos juntos alguma coisa que tinha um significado muito mais profundo. E assim, num belo dia de Bairam[20], eu pensei que estava ganhando um presente quando pude ofertar ao meu querido camarada um espelho com moldura dourada que eu havia encomendado especialmente com minha pensão.

Eu sei muito bem que cada Padisah por cujo reinado passei – o dos filhos do meu tio e do meu próprio irmão – preferia que eu me ocupasse com alguma arte manual do que com cientistas. Mesmo assim, fiz o possível para ler o máximo de história que fosse capaz, tentando quanto possível tirar lições dela.

Eles me mantiveram o mais longe que puderam dos estudiosos, relutavam em me dar acesso a informações úteis e a conversas com acadêmicos; não tenho como dizer se eles sabiam o quanto me feriam com isso. Nem desejo saber se, tivessem conhecimento, eles teriam reconsiderado essa decisão por um breve momento que fosse.

É provável que tenham presumido que eu jamais subiria ao trono de Osman, que muito antes desse dia eu morreria. Até posso ter pensado a mesma coisa secretamente, mas não me importava muito.

---

20 Festa religiosa muçulmana. (N. T.)

A CONCUBINA

Ouvi falar como meu irmão Mustafá declarou em seu leito de morte, no último suspiro: "Deixem Abdülhamid, coroem meu filho Selim!". Eu soube como ele queria levar o filho ao trono, oh, como ouvi isso. Cada palavra uma punhalada perfurando minha carne! Mas o último desejo dele não se realizou, pois eu era o mais velho da dinastia, era o primeiro na linha de sucessão.

Æ

Meu Soberano, dono do meu coração, luz do universo. Eu imagino quantas moças agarrariam a chance de entrar para o seu harém. Verdade seja dita: dias auspiciosos podem estar à espera no futuro; a mais alta posição possível que uma mulher pode alcançar está bem aqui.

Afinal, esse é o harém do Augusto Império Otomano, diferente de qualquer outro lugar. Difícil obter acesso a ele, é como uma fortaleza, mais difícil ainda é sair.

No começo, achei dura a vida no harém. Esse mundo novo me negava muitas das liberdades que eu desfrutava anteriormente no palácio da sua amada irmã Sultana Esma. Aqui, havia *Kalfas* com coração de pedra, impiedosos eunucos e regras inequívocas.

Havia mulheres magníficas e rivalidades igualmente magníficas.

Havia o Kizlaragas i, o eunuco-chefe negro, destituído de qualquer tolerância, a quem todas as coisas e pessoas obedeciam e que era virtualmente o homem mais influente em todo o serralho.

E uma ordem tremenda... E uma educação tremenda, o melhor das melhores escolas. Tudo com um objetivo, naturalmente: Sua Majestade, nosso benfeitor e amo. Seja como for, consegui chamar a sua atenção ou talvez a sorte assim o tenha decretado. Eu me vi na sua amada cama... E me tornei inapelavelmente devotada ao senhor, muito além das minhas expectativas ou imaginação. O senhor preencheu o vazio escuro da minha alma. A reação que recebi do senhor foi igualmente surpreendente, tão profunda e tão efêmera, tão inevitavelmente passageira...

Mas eu busco uma união eterna, esse é o cálice que meu coração almeja. Um encantamento que me acolha, encha minha alma de excitação e cubra meu espírito. Um sonho no qual eu possa me perder...

Outras desfrutam de seus favores sem muito esforço. Sim, sua patente parcialidade em relação à Sultana Naksidil, por exemplo, é bem conhecida. Esse assunto não me incomoda; longe de mim comparar meu humilde ser a ela. O porte dela e seu andar ligeiramente ondulante pelo harém seriam suficientes para demonstrar sua superioridade, ah, sim. É natural que goste dela; afinal, está no seu direito...

Mas ela jamais poderá sentir o mesmo nível de amor que eu tenho pelo senhor.

Essa beldade franca, que veio de longe, o derrubou com a atitude dela. Dizem que esta deliciosa flor colhida de um barco atacado por piratas argelinos no Mediterrâneo veio parar no seu harém, pois seu potencial para chegar ao posto mais alto ficou imediatamente óbvio e ela foi poupada. O paxá que comprou esta nova beldade de aparência incomparável deve tê-la considerado esplêndida o bastante para ser apresentada ao senhor do universo. Ou ela pode simplesmente ter sido um lindo presente ao senhor, assim como eu fui.

Que nome ela deixou para trás quando entrou para o harém, eu nunca descobri, embora eu até hoje pense nisso. Basta dizer que seu novo nome combina com ela: coquete. Gravado no coração, bordado no coração...
Oh, sim, ela soube como se gravar no seu coração. Ou seria melhor dizer um adorno do coração? Uma bagatela? Ou uma joia preciosa? Eu não sei o que dizer, só que essa raposa esperta deve ter aprendido a virar a sorte para si à medida que o destino traçou seu caminho.

Provavelmente, essa não era a sina que teria escolhido para si mesma, embora Naksidil lide muito bem com ela, conseguindo até uma posição de vanguarda... E que história magnífica ela teceu para si, fingindo vir de linhagem nobre. Mas ela merece crédito por sua postura geral, seus movimentos, sua fineza e elegância; acima de tudo, sua atitude orgulhosa e como faz todo o harém curvar-se a ela...

Por mais amargo que seja admitir, a honestidade me obriga a revelar minha inveja...

TT

Eu sou especialmente afeito ao Gazebo Bagdá. Sem igual, ele foi construído pelo meu antepassado, Sultão Murad Han, o guerreiro Padisah, em um dos cantos do serralho. As mesmas lembranças me visitam toda vez que olho para o Chifre de Ouro[21] por uma das janelas do gazebo. Esse é um lugar que domina a cidade inteira, Asitane[22]. Olhar para essa vista é como olhar para uma representação do domínio imperial.

Eu pondero sobre o começo do novo curso que minha vida tomou após muitos, muitos longos anos... Minha ambivalência na época... Foi no meio de um inverno gelado, logo após um verão escaldante.

Eu estava me consumindo em uma sala do Palácio Topkapi, onde tivera permissão para sobreviver.

As paredes azulejadas do Gazebo Simsirlik raramente se aqueciam, embora não fosse apenas o frio do inverno que me envolvia. A solidão.

Muito embora meu corpo não fosse deixado em paz, era a solidão a origem daquele frio.

A solidão dos anos.

A frieza dos anos.

Quando meu pai, Ahmed Han, foi obrigado a abdicar e todos nós fomos confinados entre as paredes do impiedoso Simsirlik, eu era uma criança de apenas cinco anos, como bem se sabe.

O filho do meu tio, Sultão Mahmud Han, tinha subido ao trono, portanto ele era a sombra de Alá na Terra.

Eu penso frequentemente que para meu pai teria sido melhor morrer imediatamente após toda aquela pompa e circunstância ao invés de ser encarcerado. Não é preciso dizer que só agora sou capaz de dar voz a esse pensamento. Na época eu não passava de um bebê, incapaz de entender o sentido dos acontecimentos quando nos muda-

---

21 É um estuário no formato de chifre que divide o lado europeu de Istambul. É um porto natural onde as frotas bizantinas e otomanas ancoravam. (N. T.)
22 Soleira, outro nome para Istambul. (N. T.)

mos para nossos novos alojamentos, muito menores, com minha mãe...
Mal sabia eu então que estava destinado a passar tanto tempo ali, quase uma vida inteira.
Mal sabia eu que iria ver os reinados de Osman II e depois de Mustafá II após Mahmud Han, que eu iria crescer, que chegaria à puberdade entre aquelas paredes, que iria lutar irremediavelmente para compreender algo da vida, que iria envelhecer vagarosamente entre aquelas paredes e, justamente no momento em que eu estivesse esperando minha vida expirar, justamente quando eu tivesse chegado aos cinquenta anos, chegaria minha vez de ocupar o augusto trono otomano, o domínio imperial finalmente me abençoaria...
Então foi naquele frio dia de inverno, um dia que para mim começaria e terminaria como muitos outros, que me tiraram daquela sala minúscula, o lugar onde eu sentia frio, onde passara a vida inteira e com o qual eu compartilhava a minha solidão.
E, num piscar de olhos, eu me vi na sala do trono.
Meu irmão Mustafá Han havia sucumbido ao mal que chamam de hidropisia e fora juntar-se ao seu Senhor Celestial... Esperava-se que eu gratificasse generosamente aqueles que foram me dar a boa-nova, por mais bizarro que me parecesse considerar a ocasião da morte como uma boa notícia.
O eunuco-chefe do Harém e o eunuco-chefe do serralho Interior se apressaram em organizar a cerimônia de entronização, preparando a sala do trono para saudar seu novo ocupante, os drapeados bordados e as almofadas do trono permanente foram substituídos, tudo para mim dessa vez.
A quase imperceptível expressão de contentamento no rosto daquele eunuco idoso, o eunuco-chefe do harém, que fora me buscar na gaiola e quem eu sabia ter feito o máximo possível para aliviar minhas condições durante o con-

finamento e, aliás, quem incentivara minha iniciação na arte da confecção de arcos, de certa forma me acalmou. Eu conhecia a importância do cargo de eunuco-chefe.

Foi esse homem familiar que tomou meu braço respeitosamente e, com delicadeza, me levou para aquela sala cuja localização ainda me seria revelada.

Eu caminhei ao lado dele para o símbolo do poder, internamente grato por sua discreta ignorância de meus passos hesitantes.

Funcionários do Estado prestaram suas homenagens ao vigésimo sétimo Padisah do Augusto Império Otomano, no dia vinte e um daquele janeiro enregelante, aquela sagrada sexta-feira, às nove horas da manhã. Esta hora auspiciosa foi predeterminada como a hora da minha ascensão ao trono...

Eu estava prestes a entrar para uma nova vida.

Eu estava prestes a me acostumar a uma nova vida.

Uma nova vida na qual eu teria que me firmar com rapidez.

E uma nova vida na qual eu começaria a desfrutar o esplendor, por mais males que ele acarretasse.

"Aqui estou, na cauda de um cometa, mergulhando em um jardim noturno, procurando meu caminho na luz das estrelas."

Æ

Meu querido Sultão.
Agora é noite no meu jardim. Eu mergulhei no azul-marinho das profundezas que se abrem sobre o jardim e coloquei um magnífico cometa na cor escura do céu. A cauda do cometa arde por todo o caminho, de uma noite para a outra. Uma linha sem rival brilha de uma ponta a outra, em minha direção, como se fosse passar por mim. Ela é tão brilhante, tão deslumbrante. E preenche virtualmente meu universo inteiro. Eu trabalhei arduamente para conseguir os papéis que queria usar aqui, na cor certa e com o brilho apropriado para um cometa. Eu expliquei as cores que tinha em mente durante dias para Sümbül Agha, até lhe implorei. Para começar, tinha de usar tons de rosa e roxo, além de verde-pistache, cinza esfumaçado, vermelho-vivo e violeta... Se ao menos eu mesma pudesse escolher esses papéis radiantes e coloridos indo ao mercado... Mas preciso contar com minhas bênçãos, os mundinhos que eu crio com esses papéis se abrem para outros universos infindáveis diante de mim, por mais que outros tenham de forçar a imaginação...

Minhas aventuras têm início quando eu começo a visualizar esses jardins de papel. Depois avanço, pego folhas de papel de todas as cores do arco-íris, as moldo habilmente com a tesoura e pronto! A magia começa. Agora sou outra pessoa. Tem uma violeta bem na ponta desse jardim. Uma florzinha roxa, estrias sombreando sua cara, baixa e tão modesta próxima do chão... Perto de uma tulipa de um vermelho-escuro, cortada do papel mais vermelho. Seu caule é preto, o caule dessa tulipa é escuro, preto, queimado pela chama do amor. Eu sou essa violeta e essa tulipa. Como diz o poeta:

Eu já vivi num jardim de rosas, hoje esmaeço no inferno.
Eu já deitei sobre rosas, hoje descanso em espinhos...

Aqui estou, na cauda de um cometa, mergulhando em um jardim noturno, procurando meu caminho pela luz das estrelas. Quem ousa considerar um cometa de mau agouro? Não tinham outro lugar para procurar a maldição? Até as observações de Jaffar Agha, o mais altivo dos eunucos, que se dignou a demonstrar interesse por mim depois de ver o meu jardim, não me alarmaram. Então alguns lugares chamados Sodoma e Gomorra afundaram na primeira vez que um cometa foi visto na Terra e o faraó do Egito se afogou no mar Vermelho na segunda vez! E toda vez depois disso, sempre que um cometa aparecia, a terra tremia, aconteciam horríveis terremotos e incontáveis desastres...

Mesmo assim eu coloquei o cometa que viaja pelo meu coração no firmamento do meu jardim noturno. Ele ficará ali, fixo, sem escorregar, como se pendesse do alto do céu.

Esse cometa representa meu coração em fogo, inimitavelmente brilhante, em chamas e desafiando a transitoriedade. Sempre iluminando alguma coisa ou algum lugar. Sim, esses jardins de papel aliviam minha alma; cada flor, cada árvore, cada pedra que eu coloco ali tem um significado distinto... Eu não fui treinada nessa arte, exceto pelos dois jardins de papel que saíram do seu tesouro. Eu vi esses dois jardins esplêndidos na tampa de duas caixas de joias, meu Soberano. O senhor as presenteara a duas das suas favoritas um tempo antes, não sei se o senhor se lembra agora, sabe como às vezes esquece algumas mulheres... Seja como for, essas mulheres foram ingratas o suficiente para enxergar esses presentes com desdém; um par de brincos ou um colar as teria agradado mais. Foi assim que eu consegui obter essas caixas; Binnaz e Dilpezir, estas preciosas interesseiras, tão deliciosas quanto seus nomes, concordaram em abrir mão dessas obras de arte, resultado de tanto trabalho árduo, sem relutar muito, desnecessário dizer, em troca das pulseiras que eu adquirira também com muito esforço.

Com as caixas nas mãos, eu devorei o esplendor das cenas na decupagem das tampas. Esses jardins de papel, as frutas produzidas pelo recorte da mais fina das tesouras e detalhes tão intrincados, mundos tão singulares... Eu notei, sem nenhuma surpresa, a precisão com a qual o mestre que criou essas maravilhas tinha colado os papéis coloridos. Imediatamente eu tracei com o dedo cada folha de papel, cada galho retorcido e cada flor delicada. Não é à toa que também chamam essa arte de "primavera cortada"! A infindável curiosidade desta desesperada concubina, meu entusiasmo apaixonado e esforço incansável não escaparam a Sümbül, o eunuco-chefe negro. Ele sempre me tratara de modo diferente, quem sabe notou alguma coisa dentro de mim no dia em que eu cheguei.

Finalmente, ele me fez um grande favor usando sua influência ou talvez cobrando alguma dívida, eu nunca soube como ele conseguiu e, para ser franca, nunca perguntei. Tudo o que sabia era que Sümbül Agha raramente agia temerariamente, se é que agia. Ele sabia que qualquer favor que pedisse seria atendido ou sequer pediria; ele tem mãos e olhos em todos os lugares e são muitos que devem a ele. Quanto ao favor que ele me fez, não creio que esperasse retribuição, apenas se contentou em saber que tinha feito uma boa ação. Em resumo, um dia Sümbül Agha me cobriu da cabeça aos pés. Pegou minha mão e me conduziu para a câmara na entrada do harém. Havia levado ali o mestre cortador de papel Mehmet Efendi para me ensinar, repetindo essas escapadas secretamente mais algumas vezes. O mestre tentou ensinar os pontos mais difíceis dessa arte a esta entusiasmada aluna de uma vez só, não muito confiante nessa perspectiva. Talvez para amolecer Sümbül Agha. Nem ele tinha sido capaz de imaginar o resultado. Eu me dediquei a essa arte, cortando pacientemente os papéis finos e coloridos que Sümbül Agha um dia me trouxe, começando antes do sol raiar, antes das preces da madrugada e dedicando cada momento livre a essa ocupação.

Com o tempo, eu também me tornei uma mestra: Askidil, a cortadora de papel.

Quando os jardinzinhos que eu criava com paixão chamaram a atenção de algumas amigas, as favoritas começaram a ouvir falar neles e as mulheres poderosas do harém passaram a me convidar, para verem meus trabalhos. Mas eu não quero mostrar alguns dos meus jardins a ninguém. Aqueles que são espelhos dos meus sonhos, minhas portas mágicas...

A CONCUBINA

Œ

Sümbül Agha já tinha mencionado a dedicação da concubina aos jardins de papel. A moça sobressaía novamente. Eu tinha que ajudá-la sem que ela soubesse. De novo, através de Sümbül Agha.

É tradição treinar as concubinas em muitos assuntos, com particular atenção à música, chegando até a trazer-lhes professores particulares de fora. Até o momento, não houve uma única concubina que tenha sido cativada pela arte da decupagem. Seria justo dizer que nenhuma a apreciava. Mas minha Askidil era diferente, muito diferente. Não era sem razão meu capricho por ela. Há uma única coisa que o Darüssaade Agasi não pode fazer ou ter feito no harém...

E não há uma única coisa que possa substituir aquela que foi tirada de nós. Será esse o motivo pelo qual exibimos toda nossa petulância, nossa inflexibilidade e até nossa total obediência ao nosso amo e senhor? Quem sabe vemos na personalidade dele, na personalidade desse homem poderoso de quem somos tão próximos, aquela faceta de nossas vidas que foi obliterada... Essas análises sem dúvida me confundem, daí minha determinação em reprimi-las. Ainda assim, elas invariavelmente encontram uma saída para se mostrar nas horas mais inoportunas.

ᴨ

Como algumas lembranças surgem na frente de outras, em todos os momentos...

Três dias apenas haviam se passado desde que eu subira ao trono do Império Otomano. Estava ocupado explorando o palácio, tentando entender os meandros desses prédios em cujas profundezas eu ficara tanto tempo encarcerado, descobrindo o palácio do qual agora eu era o senhor, ocultando o tempo todo meu assombro.
Nem minha barba tinha crescido ainda. É fato conhecido universalmente que príncipes confinados são proibidos de deixar a barba crescer.
E, no fim da tarde, chegou a notícia de um grande incêndio em Ayvansaray. O desastre já estava ocorrendo há horas, passando de uma casa para a outra e nada conseguia apagá-lo, por isso o povo queria seu Padisah, como é o costume.
Diziam que uma visita do Padisah era algo como um talismã. Assim que o senhor do universo aparecesse no local do desastre, as chamas seriam conquistadas. Nem é preciso dizer que não foi assim que isso me foi apresentado, longe disso! Eles falaram, em linguagem apropriada, do consolo que seria minha presença no local para os infelizes arruinados pelo fogo, que se eu respirasse a mesma fuligem que pairava no ar os exaustos combatentes do fogo recobrariam seu ardor, atacando as chamas com energia renovada. O barco imperial já estava preparado, aguardando minhas ordens. Eu não me recusei a ir.
Lá estava eu, que jamais me aventurara fora do jardim da minha prisão, indo atravessar o jardim imperial de uma ponta a outra para chegar a Sarayburnu, acompanhado de um séquito formidável. Todos estavam à espera. Deixamos o harém e partimos.
Essa foi a primeira vez que pus os pés no setor do jardim imperial que leva à costa. Então, era assim que eu iria finalmente realizar meu sonho... Caminhei embevecido, apesar de inconscientemente, com a disciplina mag-

nífica, indiferente ao frio pavoroso do dia de inverno que chegava até os ossos e ao vento cortante.

Os ciprestes montavam guarda com sua costumeira grandiosidade. Todos como criaturas enigmáticas e não vegetais... Desafiando o frio impiedoso e os ventos violentos, seus troncos robustos eretos, erguendo-se para os céus, vigias indispensáveis dos jardins imperiais... Todas as outras árvores alinhavam-se um pouco atrás, reconhecendo a dominância dos ciprestes.

Eu tinha tido poucas e preciosas oportunidades no passado de passar um bom tempo no jardim, nunca me aventurando tão longe... Me pergunto se foi por isso que aquele esplendor escuro me assustou. Tive medo daquele jardim de ciprestes.

Eu estava percorrendo o caminho desenhado pelas sombras dos ciprestes e iluminado por lanternas. Mil pensamentos fantasiosos cruzando a minha mente, como se não fosse o jardim do meu próprio palácio, a residência que agora pertencia inteiramente a mim, mas como se eu estivesse me encaminhando para algum destino desconhecido. Quando, eu imagino, essas fantasias vão me deixar em paz?

Por fim, cheguei ao barco atracado no Chifre de Ouro. Diante de mim, guardas e *aghas*; atrás de mim, guardas e *aghas*.

Sobre minhas costas, um caftan de veludo forrado de zibelina, além de um impermeável, para eu não me resfriar.

Os *aghas* esforçavam-se para me proteger do menor dano; como se fosse outra a pessoa esquecida na sala trancada não faz muito tempo...

Que o Império Otomano jamais queira uma cabeça...

Œ

Terá sido o fato de Askidil ser tão fora do comum que me atraiu? Por que meu coração se fixou nela quando havia tantas outras beldades no lugar? Eu combati o sentimento desconhecido que forçava o meu peito, fazia meus ouvidos zumbirem e deixava minhas palmas úmidas sempre que nossos caminhos se cruzavam, fazendo um esforço para preservar a expressão severa no meu rosto, ou melhor, para parecer ainda mais intratável... Eu a vi me cumprimentar quando passou por mim, meu orgulho intacto, sob controle.

Como é equivocada a crença de que eu e outros como eu somos desprovidos de sentimentos dos homens de verdade! Não é a presunção da inexistência que elimina alguma coisa.

Serei derrotado pelos instintos que suprimi há tanto tempo, nunca me deixando levar pelas emoções que eu conquistei totalmente ou por meus desejos, tão difíceis de serem controlados? E, principalmente, por que a mulher por quem meu coração anseia está apaixonada por outro?; aliás, por nosso amo e senhor.

Por que, oh, por que disse aquelas coisas estranhas a primeira vez que falei com ela, naquele momento em que ela claramente idolatrava o jardim de papel que tinha feito, em vez de elogiar seu trabalho? Por que me ocorreu falar apenas de catástrofes ligadas aos cometas, escondendo minha admiração pelo magnífico cometa? Terá sido uma maneira de me proteger desesperadamente, esperando auxílio dessa distância que eu interpusera entre nós?

TT

Enquanto os remadores nos levavam silenciosamente ao local do incêndio, eu pensava como o destino tinha escolhido essa como a ocasião que me veria do lado de fora do terreno do Palácio Topkapi após todos esses anos... É uma verdade universalmente aceita que um grande número de incêndios que assolam a cidade é iniciado pelos janissários ou por algum paþa dissidente para sinalizar suas exigências por resgate ou até mesmo para expressar suas reivindicações, isso é sabido e comentado sabe-se lá desde quando... Dito isso, apesar do uso mais que ostensivo de métodos modernos do departamento de incêndios, até agora não se encontrou um único remédio!

Depois que os braços poderosos dos remadores nos impulsionaram pelas águas do Chifre de Ouro em direção a Ayvansaray e nós desembarcamos no cais, as chamas iluminavam tanto o céu que um observador desavisado poderia ser perdoado por confundir os clarões com fogos de artifício! Não precisávamos mais das lanternas.

Eu desembarquei carregado pelos *aghas* e caminhamos para os braços ardentes do monstro de fogo, acompanhados pelo meu séquito. O idoso chefe dos eunucos ao meu lado e os guardas à nossa volta.

O *agha* apontou para um palacete modesto, um tanto afastado do foco do fogo. Pela tradição, o imperador se acomodaria em uma casa por algumas horas, seus poderes divinos derrotando o monstro, segundo crenças antigas e amplamente disseminadas.

Seguindo a tradição, eu passei pelo portão da casa que o *agha* escolhera insistentemente, sob o olhar distante dos bombeiros. Meus guardas se acomodaram do lado de fora para vigiar o entorno.

Um palacete interessante, embora pequeno, e bem mantido, muito mais do que os outros. Um *agha* negro nos saudou e foram seus ombros arredondados que me levaram a crer que ele não era jovem. Sua postura indicava que havia crescido na corte. Ele nos conduziu até uma câmara bastante grande e se retirou.

Eu me sentei no amplo sofá, de pernas cruzadas, à janela mais iluminada pelas chamas do lado de fora do que pela fraca vela na parede; puxando um pouco a cortina, comecei a observar os movimentos do fogo não muito longe dali, ora retrocedendo, ora subindo novamente, sempre ao som dos urros das pessoas e dos gritos dos bombeiros. Curiosamente, eu não sentia medo.

Apenas uma estranha excitação que não me abandonara desde o começo.

Eu percebi a saída do *agha* que me trouxera até essa sala e que ficara parado imóvel um pouco mais à frente. Pensando que ele tinha ido supervisionar o café que estaria sendo feito para mim, eu voltei a contemplar a luz fascinante do fogo.

De repente, senti que não estava mais sozinho na sala. Um movimento inaudível, mal perceptível... Uma respiração silenciosa, como a de um fantasma...

O que vi quando virei a cabeça foi o que eu menos esperava.

Ferhunde.

Minha antiga concubina, minha companheira na prisão, minha amada.

Ferhunde do rosto inocente, espírito dócil e palavras gentis.

E, sobretudo, a mãe do meu primeiro filho, aliás, minha filha, fato ostensivamente desconhecido por todos.

A concubina cuja fuga do palácio eu tinha concebido, desafiando a proibição mais rígida de todas, recusando-me a sacrificar a criança quando ela engravidou.

A mulher cuja sobrevivência dependera do desprendimento daqueles que me estimavam e da disposição do

irmão do Padisah em fechar os olhos à situação, mas cuja posição na corte tornara-se inviável.
A minha mulher, de quem eu me despedira, aceitando o destino.
A sacrificada Ferhunde, cujo conforto eu me esforçara para assegurar clandestinamente.
Eu estava na casa da minha mulher e da minha filha, cujo paradeiro na cidade era um mistério, bastando a notícia de que gozava de boa saúde, as duas mulheres cujo sustento eu providenciava regularmente com a minha pensão.
Teria sido o acaso que nos reunira nesse local de incêndio ou o eunuco-chefe teria engendrado tudo isso? Ele não iria escolher essa casa para mim aleatoriamente. O que quer que o destino reservasse para nós, só poderia ser uma estranha guinada a causar o desastre bem aqui, tão pouco tempo depois de eu assumir o trono. Ou haveria ocasião, na súbita guinada que marcou minha vida, para um encontro propiciado pelo poder absoluto que nos rege a todos? Eu jamais saberia.
Agora Ferhunde estava diante de mim, tremendo com a transcendência da ocasião. Nunca, nem uma vez sequer, ela abandonou a quietude e o respeito que lhe foram instilados no treinamento da corte. Ela esperou, de mãos postas.
Eu abri meus braços, ela correu e caiu aos meus pés, tocando meus braços. Suas lágrimas desciam como um rio.
Instantaneamente, eu me esqueci do incêndio.
Ela se ergueu e saiu, abruptamente.
Tudo o que me lembro é que minha boca secou, minha língua parecia uma lixa.
Ela voltou logo depois, trazendo pela mão uma menininha de camisola, olhando espantada ao redor, os olhos sonolentos. Elas pararam na minha frente por um momento; depois a menina, obedecendo a instruções sus-

surradas pela mãe, se aproximou de mim timidamente e beijou minha mão. Seu cabelo preto ondulado caía sobre seu rosto, sobre sua pele clara e sardenta. Eu me levantei de um pulo, assustando a criança. Eu a abracei junto ao peito.

Esse era um sentimento novo para mim. Paternidade. Eu não me cansava de olhar para ela.

Eu tinha pedido que ela se chamasse Ayse, quando recebi a notícia de seu nascimento. Agora podia ver que ela era uma pequena pérola. Acrescentei Dürrüsehvar, a Pérola do Sultão... Sim, era um nome adequado para uma filha minha.

Talvez eu nunca leve Ayse Dürrüsehvar para o palácio, mas ela sempre terá um lugar especial na minha vida. Ela pode não ter os benefícios de filha do sultão, mas levará uma vida de princesa.

Quanto a Ferhunde, embora minha afeição já não fosse tão fervorosa, ela obteria quase todos os privilégios que uma *Kadinefendi* merecia, embora sempre a distância, não na corte...

Eu não sabia se era para agradecer ao incêndio ou ao velho *agha*, mas depois daquele dia eu sempre fiz questão de aparecer toda vez que havia um incêndio. Além de supervisionar os esforços para combater o fogo, eu me dedicava a cuidar das vítimas...

Mas, felizmente, nunca mais eu precisei enfrentar tal agitação novamente.

Æ

Meu Sultão, dono do meu coração. Finalmente, meu coração desistiu, incapaz de suportar este amor por mais tempo; ele estava tão despedaçado que eu cheguei a acreditar que não conseguiria juntar os pedaços novamente, nem pelo senhor nem por ninguém mais... Eu não sei se o seu coração pode se despedaçar. Quem sabe ele é feito de material tão forte que nada pode perfurá-lo. Quem sabe o reforçou com feltro, como os cavaleiros fazem para fortalecer os pulsos. Esses valentes homens conseguem romper as cotas de malha com um simples golpe de espada... Mas até o feltro acolchoado tem pontos vulneráveis, estou certa de que sabe disso, algumas partes onde ele é mais fino e pode rasgar. Meu ar, razão da minha vida, meu Sultão: meu coração não busca remédio... O que meu coração busca é algo inteiramente diferente. Quem sabe uma parede que possa apoiá-lo, uma parede que resista a qualquer tremor; uma parede de pedra, inquebrável.

Eu pergunto, qual é a sua força, meu senhor?

TT

A cerimônia de coroação foi marcada para o sétimo dia do meu reinado, segundo o costume. Essa procissão solene servia para anunciar ao mundo inteiro o início do reinado de cada novo sultão otomano.

A passagem da espada.

O sonho e o objetivo de cada príncipe herdeiro. A proclamação de que agora ele era o chefe do Augusto Império Otomano.

Ao contrário de outros antes de mim, eu pedi para ser coroado com a espada do Profeta Abençoado e não a de Umar. Esse foi o primeiro desejo expresso do meu governo. Serifzade Mehmet Efendi, a quem eu nomeara como Seyhülislam, me ungiu pessoalmente com a espada, o mais valorizado de todos os emblemas do império... Então eu iria deixar o Novo Palácio pela segunda vez, agora numa parada oficial. Escolhi o caftan de brocado vermelho, forrado de zibelina, para essa augusta ocasião, dentre os trajes preparados para mim pelo meu camareiro-chefe. Eu espetei o penacho de diamantes do meu falecido irmão Mustafá no turbante feito para mim; foi a única que selecionei no meio das incontáveis joias que tinham sido espalhadas à minha frente. Estranhamente, não me surpreendi por não hesitar ao fazer todas essas coisas, como se já as fizesse há um longo tempo.

Agora eu era Abdülhamid Han, filho do grande Sultão Ahmed III, minha condição de príncipe herdeiro aprisionado, que não se dava ao trabalho de contar os dias, passando para os anais da história.

Meu cavalo foi trazido para o Portal Enderun do harém.

Fui cercado pelos alunos da escola Enderun[23], impecavelmente respeitosos e cuidadosos, me observando com curiosidade cortesmente oculta, seu principal dever era me servir.

---

23 Escola para os cristãos no Império Otomano, cujos alunos eram recrutados para aprender as características da sociedade islâmica e a cultura do palácio otomano. (N. T.)

Todos esses *aghas* ao meu redor sabiam perfeitamente que eu tive poucos dias para aprender a cavalgar especificamente para essa procissão. Minha altura não ajudava. Eu estava decidido a esconder o medo. Tive sucesso. Um cavalo alto. Seu pelo cinza brilhando de tanto escovar, a crina branca trançada. A manta da sela bordada com fio de ouro e pedrarias, o arreio encrustado de diamantes, rubis, esmeraldas e turquesas, o penacho de esmeraldas em sua testeira, um verdadeiro tesouro. Eu não me lembrava de algo assim nem na época de meu pai. De qualquer forma, como era muito pequeno então, eu não estaria montado a cavalo, e sim levado em um carro fechado. Eu só tinha visto meu pai a cavalo em duas ocasiões, com seu arreio precioso, oh tanto tempo atrás, uma lembrança tão fugaz... Tudo o que consigo visualizar é o enorme tamanho do cavalo e as pedras faiscando nas rédeas que meu pai segurava frouxamente, aquelas gemas estupendas, a turquesa sendo a mais linda de todas... E também o porte majestoso de meu pai sobre o cavalo. Agora entendo que essa confiança só vem com a prática.

Quanto a mim, eu nunca mais vi um cavalo, muito menos montar em um!

O *agha* me alçou enquanto eu recitava uma oração e colocava o pé no estribo adornado com rubis redondos circundando enormes esmeraldas e diamantes. Eu tomei impulso com um movimento ágil, como me ensinaram. O cavalo se mexeu suavemente, mas seu treinamento veio à tona: ele me aceitou gentilmente ou, pelo menos, achei que sim.

Tinham escolhido um cavalo manso para o inexperiente sultão. O *agha* cavalariço, quando sentiu confiança de que eu estava firme, conduziu o animal pelas rédeas, com ternura até.

Saímos pelo Babüssaade, o Portal da Felicidade, para a grande praça ladeada por árvores centenárias que apenas o dono deste Estado, o próprio imperador otomano, tem permissão para atravessar a cavalo. O povo saudava a nossa passagem alegremente... Eu voltei meu olhar para a Torre da Justiça, oculta atrás dos ciprestes escuros à direita, e pedi que me fosse concedido o dom de fazer justiça nas sessões daquele tribunal, do mesmo modo que se fazia no tempo dos meus antepassados. Chegamos ao Babüsselam, o Portal da Audiência; ao passarmos pelo portal emoldurado de ouro, estávamos deixando o Palácio Interno. Os torreões do portal, chamados Frengi Burgaz, pareciam mesmo com os torreões francos que seu nome sugeria, anunciando a resoluta expansão do império em direção ao ocidente imaginada pelo meu grande antepassado, Mehmet, o Conquistador...

Agora os pesados portões de ferro dos Torreões Francos se abriram e nós saímos para o Campo da Parada. Mesmo sem nunca ter posto os pés aqui, eu sabia que essa área era aberta ao público em certos dias da semana. A Guarda Imperial, que estava à espera, me cercou imediatamente nessa praça dentro dos muros imperiais, para proteger seu amo de qualquer espécie de ataque.

Unidades representando os Kapikulu aguardavam em formação. Os atiradores, homens da infantaria e janissários estavam alinhados de ambos os lados. Caminhamos entre eles vagarosamente. Era impressionante o número de soldados que me cercavam, postados segundo suas patentes: grão-vizir, vizires, *kadis*, juízes militares da Rumélia e da Anatólia, majores, tenentes, comandantes, sargentos de armas, seguidos dos filhos dos generais, provadores, *aghas* da cavalaria, *aghas* de caça, *aghas* chefes de portais, *aghas* cavalariços...

Finalmente saímos pelo Bab-i Hümayun, o Portal Imperial, para o mundo exterior. Eu não sei se foi o frio cortante do mês de janeiro que me fez tremer por um instante. Provavelmente não. A origem do meu tremor foi o mundo novo se abrindo à minha frente, mais que o frio que passava pelo forro de zibelina do meu caftan.

À minha esquerda, a fonte real construída por meu pai; e à direita, a vista imponente da Ayasofya[24], a magnífica mesquita construída por meu avô, Sultão Ahmed, que também leva seu nome... A Estrada Imperial de pedra enquanto passo diante da Ayasofya... Tudo isso é novidade para mim, cenas novas, mil maravilhas atraem minha atenção... Todos esses prédios que eu só conhecia de nome durante os anos de cárcere, nunca vistos até hoje, cada um uma obra-prima...

Quando ergui os olhos para Ayasofya, sua grandiosidade me surpreendeu. Eu sabia que ela era antiga. Vi seu domo imponente e os minaretes acrescentados por meus antepassados. Eu tentava absorver tudo durante nosso avanço lento, porém ordenado, sentindo todos os olhares sobre mim, minha cabeça erguida, meu corpo ereto...

Depois transferi o olhar para a fonte. A famosa fonte do meu pai. Montada diante do portão do palácio como uma joia, incomparável, única com seus azulejos verdes e azuis e decorações florais. Exatamente como me contaram. Fiquei emocionado ao vê-la pela primeira vez.

A fonte construída com carinho pelo sultão daqueles dias deslumbrantes, a fonte cuja inscrição se baseia na caligrafia dele, a fonte cujos beneficiários, ele esperava, orariam por ele quando bebessem de sua água. Um belo marco de uma era.

Aquela fonte diante da qual meu pai passara orgulhosamente tantos anos antes agora me parecia envolta em melancolia. Eu não consegui reprimir minha tristeza

---

[24] Hagia Sophia, Basílica de Santa Sofia. (N. T.)

nesse dia auspicioso. Estradas, palácios, mesquitas, madrasas... Prédios imponentes, prédios modestos, prédios dilapidados... Domos imensos, minaretes altos, cercas e portões de ferro, vidraças coloridas, estandartes dourados... Fachadas monumentais, fachadas ambiciosas, fachadas simples, fachadas decoradas, fachadas decrépitas... Ruas estreitas abrindo-se para a avenida principal, beirais amplos, amplas janelas com contrafortes... Gaiolas enfileiradas nas casas... Degraus gastos... O frio da pedra e o calor da madeira... Os vestígios vitoriosos de um estado com muitos séculos de idade nessa cidade antiga, envolta no esplendor inimitável dessa força chamada tempo.

E as gaiolas de pássaros que jamais escapam ao meu olhar, os detalhes adoráveis em cada uma que protege os passarinhos de animais maiores...

Sempre senti afinidade por elas, eu que vivi todos aqueles anos num cômodo pequeno...

Estou cercado pela Guarda Imperial, suas fabulosas plumas ondulando, o olhar fixo, corpos robustos, são guardas impiedosos, mas não sei em que número são...

E as pessoas ao longo do caminho, no frio, para ver o novo sultão, Abdülhamid, abandonado na gaiola todos aqueles anos, irmão do antigo Sultão Mustafá, essas pessoas agora gritam: "Que Alá o proteja! Longa vida ao meu Padishah! Que seu reinado seja longo! Não seja vaidoso, Padisah, Alá está acima de você!".Todas elas aplaudem com entusiasmo, gente que vestiu suas melhores roupas e algumas tentando abrir caminho a cotoveladas para entregar suas petições aos tenentes.

Lá no fundo, a mulher estranha, tentando enxergar através do véu... No frio, homens de pernas nuas, vendedores ambulantes, cães soltos, punhados sujos de neve, poças de lama...

Konstantiniye, a cidade dos contrastes...
Konstantiniye, a cidade dos sonhos...
Eu era dono de Konstantiniye agora. E de todo o Estado otomano. Com toda sua grandeza e seus problemas. Konstantiniye, a mais linda de todas as cidades... Será que ela merece o apelido de Asitane? O centro do universo... Será esse nome apropriado?
Eu visitei os túmulos de Mehmet, o Conquistador, e Eyüp Sultan, Abu Ayyub Al Ansari, seguindo os costumes. Eu orei, pedindo força ao Criador. Sentindo todo o peso da espada sagrada na minha cintura. Para ser sincero, os acréscimos feitos pelos meus bisavós duzentos anos antes – o punho de ouro, os rubis e turquesas na bainha, as cabeças de dragão no cabo – tinham alterado sua aparência original, mas não seu valor... Eu devo ter ofuscado o brilho fraco do sol invernal com meu penacho, minha espada, os arreios e os uniformes do círculo de guardas. Mal posso alegar que sofri com a visão da pobreza que me confrontava de tempos em tempos, mas aqui estava eu, o espelho do Augusto Império Otomano; quando eu brilhava, meu patrimônio fazia o mesmo...
Eu tinha decidido voltar da cerimônia por mar. Embarquei no barco imperial no píer do Pomar Eyüb; novamente fui cercado por um séquito de *aghas*, atendentes e cavalariços. O *Bostancibasi*[25] estava ao leme. Os *aghas* do Darüssaade[26] e do Portal seguiam em outros barcos, enquanto o grão-vizir, outros vizires, juízes militares e os janissários me saudavam no píer do palácio, tendo se adiantado até lá um pouco antes. O grão-vizir enfiou o

---

25 Chefe da guarda imperial, lorde executor. (N. T.)
26 Portal da Felicidade. Os *aghas* do Darüssaade e do Portal eram os funcionários mais graduados do serralho, o primeiro um eunuco negro encarregado do harém e o último um eunuco branco, chefe dos criados e provedor. (N. T.)

braço no meu braço direito, enquanto o esquerdo foi tomado pelo Darüssaade Agasi, que subira a bordo do meu barco; eles me carregaram de volta para o palácio, minha casa. Agora, como soberano coroado, o vigésimo sétimo imperador otomano... No meu retorno, ao entrar no Harém Imperial, vi que o caminho que eu devia tomar tinha sido forrado com mantas raras, segundo o costume; eu caminhei sobre elas e entrei na Câmara Particular. Andei com cuidado, pois sabia que as mantas, mais valiosas ainda após minha passagem, seriam cortadas para ser dadas aos *aghas* e aos guardas do harém. Infelizmente, não pude distribuir a gratificação para meus soldados. Fui o primeiro sultão que deixou de seguir esse costume. A ruinosa campanha russa, iniciada no reinado do meu irmão, ainda estava acontecendo. Pouco havia nos cofres...

Eu teria preferido não ser conhecido por isso, como o soberano que havia falhado com seus soldados; mas não tinha outro jeito, não eram tempos para esbanjar.

Mas me dediquei, com todas as forças, a oferecer ao meu povo um governo justo... "Esforço de Alá!" eram as palavras que eu mais gostava de ouvir. Fiz o possível para ser merecedor dos gritos de "O país e o povo agora pertencem ao Sultão Abdülhamid Han!" que foram entoados pelas ruas e praças da cidade depois da minha ascensão ao trono...

Œ

Sümbül Agha... um dos incontáveis *aghas* que servem no Harém Imperial... Mas ele se destaca, tem uma personalidade um tanto *sui generis*. Não é só mais um protagonista de muitas histórias similares; em inteligência, ele ofusca todos os outros eunucos, embora tenha pouca vaidade ou inclinação a conversas e boatos, apesar de ser mais do que capaz de estar à altura de qualquer desafio que eu lhe apresente; tudo isso fez com que minha estima por ele fosse única e, claro, na administração do harém...

Era mais do que apropriado que eu escolhesse esse homem para possibilitar Askidil a exercitar seu interesse pela arte do corte de papel. É graças a esse homem, de fato, que a minha primeira e única Askidil obteve uma posição privilegiada através dessa ocupação.

É verdade que eu sempre confiei em Sümbül Agha. Mas, não sei por que, toda vez que olho dentro de seus olhos, eles emitem uma total inescrutabilidade, seus olhos brilhantes, protuberantes, sempre ligeiramente lacrimosos, escuros, envoltos numa aura de enigma; de qualquer forma, sempre estou pessoalmente ocupado com incontáveis tarefas, numerosas preocupações, por isso não tenho tempo para conversar muito. Afinal de contas, ele é um *agha* do harém servindo no palácio do monarca otomano... Se puséssemos todos os eunucos juntos, ele seria igual a qualquer outro... Não como os eunucos brancos, afastados dos olhos das mulheres em todos os momentos, servindo apenas ao sultão, mas como todos os eunucos negros, sua pele escura tornando-os seguros aos olhos das mulheres...

Como eu então? Não inteiramente... Isso nunca seria possível. Melhor não falar de mim, sou diferente dos outros...

No que pensa esse Sümbül Agha afinal? Que inquietações ocupam sua pequena cabeça que se ergue de um pescoço fino e ombros caídos?

Ele é bem velho, talvez até mais velho do que parece, por mais que sua agilidade disfarce sua idade. Sua mente também sofre com os mesmos conflitos que atormentam meu melancólico pensamento? Sua aparência dócil e gentil ocultará um vulcão por trás da cortina de veludo que divide o mundo interior do exterior, como o resto de nós, ou ele realmente conseguiu a paz interna, aceitando seu destino? Ele terá assumido o espírito do jacinto que lhe empresta o nome? Essa flor de perfume doce e cor agradável que alegra a alma; Sümbül Agha faz a mesma coisa? Estará ele à altura do nome, sempre oferecido ao melhor dos eunucos? E terá ele o direito de escolha?

É possível que ele tenha aceitado sua sina sem questionar, essa operação que resultou na morte de tantos homens, já que ele próprio sobreviveu; é possível que ele, como os outros, agradeça à bênção, graças à extirpação que enfrentou, de agora viver no mais belo dos palácios, na casa do Sultão do Universo...

Castrado muito jovem, sua voz nunca engrossou; ele tem uma fala tão mansa que pode ser confundida com um canto e, embora sempre fale educadamente com essa voz macia, ele jamais deixa de obter total obediência; é lendária sua capacidade de falar com autoridade. É por isso que todas as mulheres do harém são estranhamente intimidadas por ele, que mantém distância...

Ele até pode ser o eunuco mais feio do harém, apesar de a feiura ser condição primordial para o cargo... E ninguém se incomoda em descobrir a beleza potencial por trás da negritude da pele; sempre foi assim.

As salientes maçãs do rosto de Sümbül Agha que esticam sua pele escura, seus olhos pequenos e afastados, as narinas largas como dois buracos cavados na face ampla, não são nada em comparação ao ar de constante mau humor graças ao lábio inferior caído em direção ao queixo e o lábio superior exageradamente comprido incapaz de cobrir o inferior... E não tem vergonha de usar essa característica para mandar, as moças temem desagradá-lo, pois conhecem bem a posição favorável que ele ocupa na minha estima...

Ele raspa com frequência seu cabelo grisalho, felizmente, e, quando se inclina diante do amo, as pregas de seu pescoço comprido aparecem sob o turbante e não os fios de cabelo branco que se poderia esperar...

Suas pernas, longas até mesmo para seu corpo alto, caminham silenciosamente na escuridão do harém, não importa o quão rotundo seja seu corpo, nada escapa ao seu olhar, mas Sümbül Agha só menciona o que ele considera apropriado, guardando para si certas informações, para compartilhá-las comigo em momento adequado...

Eu sei que ele respeita a inteligência. É por isso que demonstrou um interesse especial por Askidil desde o começo, mesmo sem o meu conselho...

Assim é a amizade forjada entre esses dois seres que aquece meu coração, dando uma sensação de segurança, um consolo que é difícil definir...

TT

Foi o ano da morte na prisão, uma das lembranças mais profundamente gravadas na minha memória...

A hora da partida eterna.

Aquele ano, o número de funerais que saíram pelo Portal dos Mortos, dando adeus às melancólicas paredes do confinamento, desafiou a imaginação.

Olhando para trás, agora sei que eu estava naquele lugar havia dois anos. Eu tinha idade suficiente para entender o que estava acontecendo, talvez as tribulações que tive de suportar tenham me amadurecido antes da hora.

A primeira a partir foi a Sultana Emetullah Banu, que sucumbiu a uma doença inexplicável chamada tristeza... Emetullah Banu era a principal *Kadinefendi* de meu pai, o Sultão Ahmed; ele nunca permitiu que ela saísse do seu lado e ela tinha só 47 anos na época. Eu a amava muito, verdade seja dita. Ela era diferente das outras mulheres do harém. Nunca demonstrava ciúme, seu único objetivo era a felicidade de meu pai, seu único consolo era um sorriso dele, uma mulher que se esforçou ao máximo para fazer o bem a todos...

Então foi uma bênção ela não viver para ver a morte da filha, Sultana[27] Fatma, pouco tempo depois, de tristeza. A amada filha de Ahmed Han, minha irmã mais velha, não foi capaz de suportar o sofrimento que se abateu sobre nós, aquela terrível revolução, o súbito levante que foi encabeçado por Patrona Halil e custara a cabeça do seu marido, o grão-vizir Ibrahim Paxá[28]. Ela só conseguiu sobreviver mais dois anos, vindo a morrer com a idade de vinte e oito anos...

Depois, foi a vez da Sultana Ümmügülsüm, outra filha querida do meu pai. Nós soubemos da sua morte mais ou menos na mesma época. Uma maldição pairava sobre aqueles alijados do poder.

A mais importante, não, a perda mais triste foi a morte de minha querida mãe, Rabia Sermi Kadin. Uma das *Kadinefendis* favoritas do meu pai, a mais bela de todas... Para mim, a mais piedosa e adorável entre todas. Genero-

---

27 O título de sultana também era dado às filhas dos sultões. (N. T.)
28 General. (N. T.)

sa em seu afeto, calorosa, que me consolava depois de um pesadelo num abraço apertado, me acalmando suavemente... Sempre lamento ela não ter vivido para ver esses dias, reinando por direito como sultana viúva. Então sempre temi o compromisso com alguém, para não perder essa pessoa também; esse medo jamais me abandonou.

Meu irmão Mustafá e eu ficamos órfãos juntos; rezamos por nossas mães com uma semana de diferença, ambos choramos a não mais poder. Eu, com sete anos; ele, com quinze. Na época o irmão dele, Süleyman, ainda estava vivo. A mãe de Mustafá, Sultana Mihrisah, tinha sido uma das mulheres mais atraentes e preciosas do meu pai. Eu me lembro vagamente que minha mãe não gostava muito dela...

Mais tarde, eu sempre me indagava sobre a coincidência – será? – de a *Kadin* de Mustafá ter o mesmo nome da mãe dele...

Mais duas mortes foram anunciadas no mesmo ano: o embaixador do meu pai junto aos francos, Yirmizekiz Çelebi Mehmet Efendi, que morreu no exílio em Chipre. Enquanto Ahmed Han chorava por ele, ocorreu uma perda ainda maior. Na época eu não consegui entender por que a morte de Levni, o Iluminista[29], o maravilhoso artista daquela era esplêndida, deixou meu pai tão destroçado. Agora acredito que o interesse pelo desenho e a pintura e o amor pelas artes devem ter vindo do meu pai. A única boa lembrança daqueles momentos tão deprimentes é o livro enorme que meu pai mandara buscar, humilhando-se diante do sultão. Ele me mostrou o livro. Era o *Surnamei Vehbi*, com iluminuras de Levni. Meu pai folheou o livro dias a fio e tentou se consolar com as imagens de

---

[29] Levni Abdülcelil Çelebi, maior e mais famoso pintor otomano do início do século XVIII. (N. T.)

dias antigos revividos pelo pincel de Levni. Eu sempre quis esquecer aquele ano desanimador; o triste é que, como ele alterou o curso da minha vida, nunca pude esquecê-lo; agora eu era um órfão...

Æ

Sua Majestade, meu amado distante. Como as frágeis folhas da acácia que se agitam ao mais leve vento, eu também me agito na brisa que a outros não perturba. É por isso que a acácia do outro lado da minha minúscula janela tem um lugar especial no meu coração. A acácia cujas folhas tremem quando todas as outras árvores nem se mexem... Como um coração descompassado.

Quando relaxo, sonho que sou a acácia, só encontrando alívio na primavera, quando ela floresce em pétalas frágeis, de fino odor e cor suave, que caem ao menor toque. Talvez seja um castigo, pois qualquer brisa varre suas pétalas do chão.. E são logo esquecidas assim que as flores murcham, cedo demais; talvez a árvore só seja apreciada por sua sombra benfazeja. E ela não pode sair do lugar, mesmo se quisesse.

Minhas raízes podem não estar no solo, embora minhas mãos e meus pés sintam-se igualmente atados. Eu só posso imaginar o mundo lá fora. E, como a acácia, usarei meus espinhos para intimidar quem se aproximar demais. É nessas horas que eu anseio que a tristeza me consuma, que eu me dissolva na tristeza...

Œ

O Sultão colocou as mãos sobre os joelhos e fixou o olhar no pintor. Ele estava sentado no trono cerimonial dourado. Isso que é maneira de sentar, dizem! Eu procurei ficar invisível, temeroso de incomodá-lo até com minha respiração, mas mesmo assim estava por perto. Como ele desejava. Como ele tinha concebido desde o início, com aquela terrível condição, quando me convocou. Seu caftan forrado de pele com gola dourada era verde, e não vermelho, sua cor predileta. Mas, como sempre, o forro de pele era preto. Não é costume um sultão posar para pintores, mas esses são tempos de modismos pagãos! Os que virem essas imagens irão procurar algo agradável no rosto comprido e anguloso do Sultão, mas não será fácil, a menos que busquem um significado... Então, por que ele não resiste ao impulso de ver sua imagem estampada sobre telas? Reproduzindo sua feiura para o benefício de gerações futuras, para um tempo que está por vir... Que desejo estranho. Só uma mulher realmente se apaixonou por esta feiura. Askidil.
Minha Askidil.
Nosso amo acatou o desejo expresso por ela só uma vez. Se tivesse encarado esse desejo com desdém, ele o teria ignorado...
Ele estava escrito na única carta que Askidil enviou para o Sultão. Eu a vi com meus próprios olhos. Ela escreve outras, sem intenção de mandá-las. Naquela carta curta, Askidil pedira uma imagem ao Sultão, feita segundo a última moda... Não em papel, como antigamente, montado em cartão, mas feita a óleo, emoldurada e presa à parede, se a pessoa quisesse. Ninguém, ainda por cima uma mulher, tinha expressado desejo tão estranho a ele. Abdülhamid Han ficou atônito. Essa mulher já o surpreendera no primeiro encontro deles, ah, como ela o surpreendera!

Æ

Meu amado Sultão.
Entrei no meu jardim, o jardim que é só meu. Flutuando entre os arbustos que graciosamente se inclinavam de ambos os lados para me dar passagem. Eu me vi na sombra. Posso ouvir as gaivotas em algum lugar; o mar deve estar perto. Uma brisa suave traz o odor de algas marinhas. Não tenho pressa. Esse cheiro, essa brisa, esses sons, essas sombras, essas cores, tudo isso significa liberdade. Não valorizada por aqueles que a têm, sem preço para os que são privados dela. Eu sigo em frente, apreciando as folhas e os galhos finos emaranhados em meu cabelo. Caminho sem direção. Nem as flores nem as árvores daqui se parecem com as dos azulejos que decoram as paredes do palácio.

As folhas dos azulejos para mim são como adagas desprovidas de rigidez, flutuantes, não um objeto tangível, sem fazer caso se irão furar umas às outras ao girarem no ar, embora incapazes de ultrapassar a superfície vítrea na qual foram aprisionadas para passar para o mundo real... Seus contornos escuros as tornam mais afiadas, seus volteios inesperados as transformam em imaginárias caudas de pássaros... Ou folhas dispostas numa ordem incrível, resistindo bravamente até ao vento mais forte... Folhas atemporais, pintadas nas cores inexistentes de um mundo onde a beleza é fixa, estendendo-se para a eternidade...

E as flores extraordinárias e surreais oriundas dessas folhas. Sim, às vezes me pergunto por que essa beleza única e perfeita dos azulejos perturba minha alma que tanto desgosta de limites. Suas cores estão isentas de esmaecer, suas formas sempre as mesmas, destinadas a permanecer na perfeição. E, por outro lado, as flores cujo esplendor abriga sua limitada repetição, seus padrões copiados uma e outra vez...

As flores no meu coração, em contraste, abrem-se como minúsculos botões e, com o tempo, murcham... Mas cada uma que murcha é substituída por uma nova. Eu não me canso de passear por esse jardim.

Œ

O bisavô dele, o grande Sultão Mehmed, o Conquistador, foi o primeiro a mandar pintar sua imagem, pelo que soube o meu amo. Esse soberano incomparável, conquistador de Konstantiniye, era um polímata, tinha interesses variados. Ninguém sabe se ele realmente posou para aquele pintor veneziano; esse é um segredo enterrado nos anais do tempo. Mas é quase certo que ele apreciou o resultado; como os quadros dos vaidosos reis francos, tão orgulhosos que eram, ele parecia mais imponente ainda que qualquer um deles, sob um arco decorado, três coroas, uma acima da outra, de cada lado, ao estilo franco...
    Assim fora narrado pelos historiadores a meu amo. Por sua vez, ele me contou a história como ele a ouvira. Ninguém sabia onde estava aquele quadro. Claro, havia rumores: o filho, Sultão Bayezid, ficara desgostoso com a imagem pintada sobre tela, pensando durante muito tempo como faria para se livrar daquela coisa, como soubera meu amo por um fiel que, por sua vez, tinha ouvido falar através de outros antes dele. Mas o destino do quadro nunca foi registrado. Bayezid Han, desaprovando a imagem do pai pendurada na parede, deve ter mandado para longe aquela maravilha, centenas de anos antes, talvez

com o pretexto de presenteá-la. Bayezid Han pode ter se livrado da imponente imagem de seu pai pintada a óleo, retratado com coroas de ambos os lados, embora as reproduções em cartão tenham escapado ao seu poder; as imagens que ilustravam seu imperial pai foram preservadas nos livros... Mais tarde, nada ficaria no caminho desse desejo, a determinação dos imperadores otomanos de ter suas imagens gravadas no papel... Livros de figuras, com exóticas iluminuras, proliferaram; os monarcas da dinastia otomana foram retratados em papel, nos mínimos detalhes, um após o outro. Agora chegava até nós a era das imagens a óleo, e como! Enormes, em todos os tamanhos imagináveis.

Acontece que o antigo Sultão Mustafá Han também gostava de se ver em quadros imensos. Ganchos robustos para sustentá-los foram pregados na Câmara Imperial, sem questionamentos. Bem igual aos palácios europeus...

Æ

Minha luz, minha água, meu ar.
Rezar por alguém, pedindo pelo seu bem, sem esperar retribuição, tem de ser a indicação mais sincera de amor. Somente aqueles que o vivenciam podem entender isso... Eu peço ao meu Criador, meu Sultão. Minha alma transborda pelo meu corpo, quase me afogando, e por isso não encontro paz em parte alguma. Estou em um constante estado de ansiedade, mas pelo que espero? Um barulho, um ribombar profundo, só eu consigo ou-

vir... Estaria muito pior se não escrevesse essas cartas, felizmente eu sou capaz de escrever frequentemente. Quanto ao senhor, manda pintar sua imagem do amanhecer ao anoitecer. Como se quisesse se preservar para a posteridade ou apresentar-se do modo que deseja... Ou é uma manifestação da sua determinação em derrotar o medo da morte? Finalmente pedi que mandasse pintar uma só para mim; tenho certeza de que serei a única que valorizará essa imagem mais do que as outras. Eu me senti estranha quando entreguei aquela carta pedindo uma imagem sua para Sümbül Agha, meu único amigo no harém, pois escrevi ao senhor tantas cartas antes, jamais enviando uma que fosse... Todas essas cartas, destinadas a nunca chegar ao seu destinatário... É como se alguém as estivesse lendo, mas não o senhor, é claro. De qualquer forma, se as lesse, a magia se desvaneceria, perturbaria tudo; não é o que eu desejo. Essa é uma ansiedade peculiar, uma angústia estranha que me alimenta e me faz escrever.

Não chorarei, por mais que sinta sua falta. Não irei me submeter à escuridão do desespero.

Œ

O Sultão Abdülhamid Han gostou de ver sua imagem pintada, como seu irmão mais velho, Mustafá Han, e quis mais desses quadros a óleo. Ele discutiu o assunto comigo, seu criado mais leal... Não achou oportuno buscar conselho com outra pessoa sobre essa delicada questão.

Eu o incentivei, à minha humilde maneira. Sim, a imagem desse homem corajoso tinha de ser preservada, mesmo quando seu corpo já tivesse partido. O homem que alterou minha vida. O homem que fez aquela proposta que guiou meu destino de maneira tão inesperada... O homem que me ofereceu tudo – riqueza, poder e amizade –, mas que, em troca, pediu um sacrifício formidável. Esse homem a quem eu obedecia... Por mais desculpas que eu procurasse para justificar tal obediência. Em resumo, esse homem que traçou um curso inédito e inesperado para a minha vida, infernal em seu disfarce celestial.

Esse homem que, após assumir o trono otomano, me convidou aos seus domínios privados, não querendo se separar de mim e, em troca de tal honra e privilégio, me levou por esse caminho irreversível. Esse homem a quem eu amava odiar e odiava amar. Seria a superioridade – acima de tudo – daqueles que atendiam a suas necessidades mais íntimas em sua vida particular, aqueles mais chegados ao Senhor do Universo, o privilégio irresistível que me fez aceitar ou minha afeição por ele teve algum papel? É impossível afirmar com certeza! Essa inquietação me atormentará até o fim dos meus dias, sem dúvida...

Assim como a determinação dele de ter a imagem em todas as espécies de superfície, das pinturas antiquadas nas páginas dos livros até as pinturas cheirosas chamadas óleos, telas de pano coloridas...

Por mais que eu relutasse em admitir, foi a ideia de retratar a deficiência na aparência que o Criador atribuíra a esse homem, o Senhor do Universo, que me atraiu.

O universo tinha de ser testemunha dessa peculiar fealdade, bem como da beleza e benevolência interiores. Eu não sei dizer se foi o sonho de ter minha própria imagem pintada, uma vez apenas, que me cutucou. É altamente possível que, daqui a muitos anos, se colocassem nossas imagens lado a lado, as pessoas seriam obrigadas a fazer uma comparação e chegariam à inevitável conclusão de que meu semblante é muito mais bonito do que seu feio rosto e foi esse pensamento que me fez encorajá-lo, mas não tenho muita certeza. Seja como for, muitas imagens foram feitas do meu amo.

Mestres francos vieram pintar quadros do imperador, que chamavam de retrato. Nesse ínterim, mestres locais captavam sua imagem sobre papel, resmas e mais resmas, de todas as maneiras.

Mestre Refai, pintor da corte que servira à administração anterior, não foi capaz de acompanhar a demanda do sultão. Ele foi retratado sentado no trono em alguns quadros, só seu busto em outros, ou reclinado confortavelmente no sofá, de pernas cruzadas.

Sim, quem os visse, anos depois, reconheceria seus traços e saberia que espécie de homem ele fora; a história não poderia apagá-lo ou arruinar sua reputação. O que mais sobressaía eram suas sobrancelhas negras, espessas e arqueadas. Uma testa larga e sobrancelhas colocadas bem acima dos olhos, ao ponto de a distância entre os olhos e elas lhe dar uma expressão permanente de surpresa. Um nariz longo, bochechas e queixo cobertos por uma barba negra. Os lábios, aparecendo entre a barba, pareciam uma ferida vermelha, tentando sorrir, mas sem sucesso. Um rosto desprovido de apelo, verdade seja dita. Mas o olhar profundo vence todo o resto. Uma melancolia tal naqueles olhos escuros, semiabertos sob as pálpebras pesadas, como se todos os segredos de um império imenso, todos os seus problemas, tivessem encontrado abrigo dentro deles; o reflexo escuro daquele tempo horrível na prisão, profundamente arraigado, tremendo com as lembranças mais ameaçadoras.

E aquela expressão de surpresa total com o mundo, tão indefeso diante dele...

Outra expressão da minha própria impotência...

Æ

Sua Majestade.
Que bênção! O nascimento de seu filho mais novo foi comemorado, mas o senhor expressou o desejo de não ostentar muito, ao contrário das festividades após o nascimento do primeiro. O senhor disse que há pouca necessidade de tais extravagâncias. Eu compreendo. É seu segundo filho com a Sultana Naksidil. A morte do primeiro tão pequeno, de varíola, o fez sofrer tanto.

Este príncipe herdeiro a quem deu o nome de Mahmud foi saudado pelos videntes como tendo um futuro brilhante diante dele, que ele está destinado a assumir seu trono como um monarca excepcional e que servirá prodigiosamente ao Império Otomano. Via de regra, o senhor não deposita muita confiança em videntes, embora eu saiba que o senhor os consulta de tempos em tempos. Sümbül Agha me contou.

Fiz o impossível para ver seu amado filho... E me pareceu que esse bebê poderá se destacar entre seus filhos.

Sua celebrada *Kadin* Naksidil, tão orgulhosa de si mesma, está cercada de concubinas à esquerda, à direita e ao centro. E, oh, como elas também se orgulham de terem sido encarregadas de servi-la, à predileta do próprio Padisah, sua importância banhando-as com sua glória. Seja como for, uma delas é amiga minha e foi ela quem me levou até o berço dourado...

Eu olhei. O Príncipe Herdeiro Mahmud estava sendo embalado nesse esplendoroso berço que está causando alvoroço no palácio. A babá estava ao lado dele, me olhando com desconfiança, pronta para dar a vida pelo bebê.

Eu, uma concubina comum, para ser justa; por mais que eu tenha lugar no dormitório das *gözdes*... Como ela poderia adivinhar minha paixão pelo senhor, como ela saberia que eu jamais machucaria algum dos seus, principalmente seu filho? Meu querido Padisah, dizem que encomendou esse berço especificamente para a criança de sua favorita Naksidil Kadin. Eu ouvi dizer que sua ordem foi não poupar despesas, contrastando com seu jeito habitual... E é um belo berço mesmo, digno do seu príncipe herdeiro. Uma peça de nogueira, cuidadosamente mergulhada em ouro líquido e banhada em prata. E as lindas placas encrustadas de diamantes, esmeraldas e rubis em fileiras de rosas, formando um jardim refrescante que dá a volta em todo o berço, só falta o perfume... Deitado nele, o bebê de olhos e cabelos escuros, igual ao senhor, meu Sultão. Ele puxou do senhor até as sobrancelhas arqueadas. Ele não para de se mexer embaixo do cobertor azul-escuro bordado a ouro.

 Quem sabe o que o espera, à continuação da sua prole...

Œ

 Essa expressão de desespero deve ter origem nas primeiras lembranças que meu amo me contava com frequência. Aquele final de verão que ele mal recorda, sempre aquele final de verão. Na noite fresca de setembro, aqueles primeiros estrondos estranhos vindos de fora dos jardins do palácio diminuíram de intensidade.

 Depois de caminhar sonolento, sustentado pelos braços da mãe; quando acordou, ele se lembra de que seus pés tropeçavam sem motivo, a transferência para outro quarto, com muitas pessoas ao redor deles, um lugar desconhecido, muito pequeno, embora dentro do complexo do palácio. Seus irmãos mais velhos chorando ao lado dele, o pequeno príncipe herdeiro só descobriria por que muito tempo depois. Ele jamais poderia ter adivinhado na época por quanto tempo aquele pranto se prolongaria. Quase toda a sua vida. Ele vira o pai, o Padisah, o augusto Ahmed Han, chorando só uma vez... E a escuridão. A lembrança mais forte daqueles dias. Sempre a escuridão.

Eu lembro que pouco havia mudado quando entrei para essa vida, quando eu era pequeno, tão pequeno a ponto de não ter recordação de tempos anteriores; meu amo, em contraste, estava ali há anos, quando me colocaram a serviço dele. Uma criança para distrair o príncipe herdeiro confinado. Confusa, tímida, perdida, tremendo naquela multidão, crescendo rapidamente, querendo ou não.

É verdade, a luz filtrava pelas altas janelas e todas as lâmpadas a óleo eram acesas quando anoitecia, mas mesmo assim pairava uma escuridão constante no ar. A escuridão penetrava na alma de quem estava nesse lugar chamado prisão. A escuridão que vem do desespero, da decepção e, acima de tudo, do medo... Então é por isso que o nosso amo se enfeita com diamantes ofuscantes, como se quisesse espantar aquela escuridão que adentra suas entranhas, aquela escuridão que repetidamente ataca sua mente, aquela escuridão que ele jamais pode esquecer. O mais raro decora seu penacho, só o mais belo é bom o bastante para adornar sua cabeça. O diamante, há cem anos incluído no tesouro, é exatamente o que dá o nível desejado de brilho. Foi num daqueles dias em que o Sultão Abdülhamid quis ver as joias do tesouro deixadas a ele por seus antepassados que a ideia de decorar sua cabeça com esse diamante lhe veio à mente. O dia em que ele mandou o joalheiro-chefe circundar o diamante com brilhantes é outra lembrança que ele gosta. As fileiras duplas de brilhantes ao redor daquele diamante enorme acentuam o formato da pedra; todos os olhos se fixam nela toda vez que ele a usa. Encomendar um quadro com aquele diamante, para que as gerações futuras possam desfrutar do mesmo esplendor... Não se contentando em limitar essa grandiosidade a ocasiões cerimoniais.

Os cordões do caftan exigem atenção especial para realçar essa grandiosidade. Os aros que juntam os dois lados do caftan são debruados por duas fileiras de diamantes, cobrindo todo o peito do caftan... E como ilustrar numa pintura o faiscar da adaga enfiada nas dobras da grossa faixa de seda? Apenas a parte de cima do cabo fica visível, encrustado de diamantes – tão difícil representá-los. O Sultão está tão faiscante que, ao primeiro olhar, a pessoa pensaria estar olhando diretamente para o sol. Outros penachos imponentes viriam, encomendados um depois do outro... E os retratos a óleo, encomendados um depois do outro...

Æ

Meu Imperador, luz do meu coração.
Eu nunca tive filhos.
Aquela noite de paixão ardente que desfrutei em sua cama sagrada não me concedeu tal graça pessoal.

Não se preocupe, isso não me incomoda muito. Aliás, eu aceitei com alegria, pensando que devia ser assim mesmo. Só o que me magoou foi ter sido incapaz de alegrar seu coração oferecendo-lhe o orgulho da paternidade, só isso.

Mas eu gostaria de lhe perguntar: por que deu o nome Mahmud ao príncipe herdeiro? O mesmo nome do sultão a quem seu pai teve de ceder o trono? Foi uma espécie de vingança ter dado ao filho da sua *Kadin* favorita o nome do Padisah que usurpou o trono do seu pai, a quem Ahmed Han teve de jurar lealdade, aquele que o manteve confinado durante anos, forçando-o a passar a infância e a juventude numa prisão? Eu não consegui encontrar a resposta nem pude lhe perguntar pessoalmente.

O senhor também deu ao príncipe um apelido, Adli, como se o estivesse convidando a se tornar um monarca que distribuirá justiça. Não é seu hábito apelidar assim seus filhos, portanto parece que tem grandes esperanças nesse príncipe herdeiro Mahmut, o Justo.

Eu rezo para que suas esperanças se concretizem, que o trono seja de seu filho Mahmud depois de seu sobrinho Selim, que está desesperado para assumi-lo.

Œ

Meu amo tem incontáveis preocupações, as quais conheço bem. Ele se abre comigo, seu leal servo, de tempos em tempos. Não foi para isso que ele me pediu para ficar por perto, ao lado dele, nos primeiros dias do seu governo?

Muitos acreditaram erroneamente que o monarca do Império Otomano não tem dificuldades. Não é o caso. De fato, meu mestre imperial ocupa-se pessoalmente de cada assunto do país. Por trás de toda pompa e circunstância está um homem que passa dias buscando soluções.

Também sei o quanto o desperdício desagrada ao meu amo... Esbanjar dinheiro em dez pares de botas, dez pares de sapatos, seis pares de polainas e oito pares de sapatilhas por mês enquanto ele procura um modo de estancar o déficit no tesouro, isso o deixa desconcertado, embora seja essa a tradição, sempre foi assim. Os soldados a caminho da guerra têm muito mais necessidade de calçados, é o que meu amo sente no fundo do coração. Em outros momentos, ele chega a ficar deprimido com a falta de trigo ou velas que seus súditos enfrentam; mas ordenar que o povo tenha o suprimento necessário de grãos não adianta nada.

Meu sultão reflete profundamente sobre os apuros daqueles que se desfizeram de suas casas para migrar para Asitane só para serem repelidos em Üsküdar; e como ele pensa seriamente em despachar seus *Bostancibasi* para rescindir as licenças das assim chamadas tavernas, que são, efetivamente, bordéis.

Apesar da demonstração de todo seu esplendor, ele assina muitos éditos limitando o uso de golas bordadas e caftans debruados com fios de ouro, os trajes que vêm das Índias ou de Alepo, peles de zibelina, lince ou arminho aos membros mais altos do Estado ou até proibir as mulheres de usar ornamentos prateados ou dourados nos sapatos, tudo com o objetivo de poupar dinheiro. O Sultão Abdülhamid está bem ciente de que nenhuma dessas medidas servirá para garantir a ordem e a prosperidade de seus súditos. E cede ao desespero.

Embora ele chegue rapidamente aos locais de incêndio, que com frequência dizem ter sido iniciados por janissários irados com a falta de gratificações, incêndios a que poucos ousam enfrentar, e também dizem que são apagados graças à presença e às preces do meu amo, ele sabe muito bem que isso não é verdade, assim como sabe que muito mais é necessário para assegurar o conforto deste país.

E, com isso, seus ombros caem ainda mais, pois ele reconhece que seu poder pessoal não altera nada nessa ordem.

Mas, apesar de tudo, ele tem muito a agradecer.

TT

Às vezes, quando me debruço sobre meus atos sábios, me sinto purificado espiritualmente, meu interior, iluminado. Eu olho em volta, vejo e conto minhas bênçãos, bem como as provações e tribulações.

Eu tinha separado uma soma modesta dos fundos limitados que recebia como príncipe herdeiro confinado para que o Corão fosse recitado em memória de minha querida mãe, Rabia Þermi Hatun, todos os dias. Isso era tudo que eu era capaz de fazer na época. Mais tarde, após subir ao trono, mandei construir uma mesquita em nome dela no Bósforo, em Beylerbeyi, com uma escola ao lado, uma casa de orações e uma fonte; foi assim que consegui me consolar, esperando que a alma de minha mãe finalmente descansasse...

Há também a ocasião em que mudei de ideia na última hora, coisa que me poupou um arrependimento que me espreitaria até hoje. É fato sabido que as pessoas sempre apresentam suas petições quando se aproximam do monarca e esse é um direito delas, embora haja regras para essa prática. As audiências das orações de sexta-feira são o local correto para todas as espécies de pedidos. Quando me misturo ao povo disfarçado, é lei fingirem que não me notam, mesmo tendo me reconhecido e, principalmente, jamais se aproximam de mim com uma petição.

Foi num dia assim, em que eu estava vestido de artilheiro, levando pela primeira vez meu querido príncipe herdeiro, Mahmud, para acompanhar a fundição de uma nova arma em Tophane.

Um idiota impertinente passou por meus homens e me entregou uma petição. Ainda me espanto pelo modo como a raiva tomou conta de mim. Em resumo, eu mandei que a lei fosse executada ali mesmo, que ele fosse morto instantaneamente. Eles o levaram embora imediatamente. Demorou um tempo para eu recuperar a razão e mandar que o soltassem.

Não sei se o fato de eu ter lido a petição teve algo a ver com a minha decisão. O homem pedia ajuda para localizar o seu filho, com quem perdera o contato.

Æ

Meu Padisah, minha emoção.
Fui eu que quis ter esse amor; não tenho o direito de me queixar.

Não creia que toda moça que se abandona ao seu abraço está tão apaixonada quanto eu! Elas só se impressionam com a sua soberania, dispostas a serem favorecidas, a alimentar a própria ambição, isso tudo é normal. Mas eu preciso de amor, mesmo que não seja recíproco. Meu Criador fez meu coração para amar. E o senhor é verdadeiramente merecedor do amor. Eu sei que nunca conheci outro, mas estou plenamente convencida disso. Eu procurei o amor instintiva e sinceramente. Eu persegui o amor sem nem saber o que ele era. Eu queria meu coração repleto de amor terreno. Tinha curiosidade sobre esse amor que eu ouvia nas histórias, nas lendas e nos contos de fadas: Kerem e Asli, Varka e Gülsah, Leyla e Mecnun. Não sei se meu nome tem alguma coisa a ver com isso tudo. Durante aquela noite em que me teve em seus braços, o senhor me disse que acreditava na magia dos nomes... Sempre pensei nisso, meu Augusto Amo. Eu convidei o amor, como se fosse meu destino; caso o senhor tenha me notado assim, deve ter sido meu forte desejo que o atraiu.

 Se eu tivesse crescido na modesta condição que acredito ter sido minha origem, então me apaixonaria, por exemplo, por um pobre pastor, como nas histórias de amor. Assim teria gozado verdadeiramente do amor, não teria tido um único abraço, não me contorceria nessa ansiedade... Será que minha alma se satisfaria com isso? Será que a riqueza do meu coração regeria a habilidade da minha mão?

 O senhor crê que eu poderei encontrar a resposta?

Œ

Finalmente ordenei que Sümbül Agha executasse a ideia que ocupou minha mente esse tempo todo. Mas a pressa deve ser evitada. Sümbül Agha vai se assegurar de que Askidil vá até lá, como se fosse por acaso, na primeira chance que for possível. O mistério que cerca esse lugar é suficiente para manter as pessoas afastadas, é o que parece.
Talvez eu nunca consiga explicar como tive essa ideia.

Æ

Meu amado Amo, luz da minha vida.
Por que insisto nessa paixão que me faz sofrer tanto, por que continuo a vê-la como única meta da minha vida? Ou eu me alimento da dor? Ela não sai da minha cabeça, dia e noite.
Esse sofrimento, se ele vazasse do meu coração e desaparecesse, talvez eu ficasse sem razão de viver...
Eu me perguntei se queria realmente me ver livre dessa melancolia.
É difícil entender isso, meu querido Padisah, é como se eu sobrevivesse dessa melancolia; a tristeza de amá-lo, sem retribuição, permanece fielmente no fundo do meu ser, eu não quero existir sem ela. Quem sabe eu não sobreviva se alguém arrancá-la de mim...

TT

Estou bastante ciente de que a cor preta da minha barba que tanto agrada a algumas das mulheres é notável. Essa barba é muito importante para mim. Tive de manter o rosto limpo todos aqueles anos no confinamento. Não poder deixar a barba crescer! Isso sempre ficou entalado na minha garganta. Adquiri o direito de ter barba somente quando subi ao trono e fui ungido com a espada. Ela já estava crescida no sexto dia do meu reinado.

Só que eu sabia que agora ela seria toda branca... Cinquenta anos.

Minha barba preta fora raspada durante todos aqueles anos e, agora, a barba de um homem já adentrado nos anos seria salpicada de branco. Isso se tornou quase uma obsessão para mim; lembro de meu pai, Ahmed Han, andando pelo quarto no confinamento, a barba toda branca, durante nossos raros encontros.

Eu não queria ser retratado assim ou lembrado desse modo.

Portanto, ordenei ao Darüssaade Agasi para trazer a tintura de barba mais escura, imediatamente. Ele adquiriu a melhor tintura de casca de avelã, não sei o que mais ela contém, mas com certeza é eficiente, disso não restam dúvidas.

Que o barbeiro-chefe é igualmente talentoso é inquestionável; é quase impossível distinguir o preto da minha barba da zibelina preta do meu caftan!

Æ

Meu Amo majestoso.
Estranhas coisas estão em ação nesses dias, é difícil para mim dizer se são verdadeiras ou inventadas.

Seu servo favorito, Jaffar Agha, aquele que nunca saiu do seu lado desde que era príncipe herdeiro, aquele que gosta de estar perto do senhor, que dizem que mudou o curso da própria vida, o senhor sabe como ele se destaca dos outros eunucos, sendo mestiço, de olhos tão verdes e pele escura e, acima de tudo, o porte majestoso chama a atenção das mulheres do harém que se esquecem de que ele é um homem privado da masculinidade. Eu gosto de pensar que a carapaça dura e insensível que ele afeta ter é só para disfarçar sua boa aparência, não para torná-la invisível.

De qualquer forma, ninguém jamais viu Jaffar Agha olhar para alguém de maneira dúbia; seu semblante sombrio e como ele executa rigidamente as regras do harém fazem dele uma força impossível de ser ignorada.

Ainda assim, cada vez que meu olhar encontra o dele, eu sinto calor. Ao contrário das outras mulheres, não me intimido. Pelo contrário, me sinto envolvida por uma sensação de proteção e segurança sempre que o vejo.

E tenho achado que ultimamente ele tem olhado para mim de modo diferente; é o que parece, mas eu me controlo, evitando admitir isso até para mim mesma.

Nem posso me abrir com Sümbül Agha, posso?

Eu queria poder me comunicar com o senhor. Queria aconselhar-me com o senhor.

Œ

Eu espero.
Pela meta da minha vida.
Pela mulher da minha vida.
Eu espero pela heroína do evento mais surpreendente e feliz com que minha vida foi abençoada. O lugar que chamam de Conselho dos Gênios realmente pode ser um local encantado. Pelo menos para mim. Tudo o que vivenciei aqui, tudo o que jamais sequer ousei sonhar, os momentos incríveis de uma ventura que só pode ser surreal. E tudo quando eu tinha me resignado à noção de que a meta da minha vida inteira era servir ao meu amo, mantendo assim a posição que conquistei.

Justamente quando embarquei nessa vida nova, de prestígio, embora igualmente dolorosa, como consequência daquela decisão que tomei há tantos e tantos anos...

"Minha mente está num turbilhão, tão confusa,
que não sei, em um universo onde
sonhos novos superam os antigos,
os votos que já fiz
e os passos que já dei."

Æ

Meu amado senhor.
Parece que a ordem inteira do universo me transformou... Um começo todo novo se estende diante de mim, para ser precisa.
Minha mente está num turbilhão, tão confusa, que não sei, em um universo onde sonhos novos superam os antigos, os votos que já fiz e os passos que já dei.
Agora tenho uma meta singular, que é ir àquele cômodo pequeno ao lado do lugar que chamam Conselho dos Gênios, a sala aonde ninguém vai à noite, e, uma vez ali, piso em um mundo diferente.
Um rio passa furiosamente através de mim.
Não tenho ninguém com quem compartilhar nada disso. A constatação dos momentos únicos que desfrutei naquele lugar, que eu pensei ser meramente devido ao seu encantamento e nada real, mas que foram verdadeiros demais, me deixaram mais do que assombrada...
Como não desconfiei esses anos todos que estava vivendo tão perto de um vulcão, eu me contentava simplesmente em baixar a cabeça ao passar por ele.

TT

Meus sentimentos por ocasião do nascimento da minha primeira filha frequentemente me visitam, sob qualquer pretexto, e ocupam minha mente. O lugar dessa preciosa menina, nascida durante minha espera como príncipe herdeiro e cuja existência é conhecida por poucos, é muito importante, isso está claro.

Príncipes herdeiros confinados passam o tempo todo no cárcere e recebem suas próprias concubinas, como necessidade humana, aqui no Gazebo da Prisão. Mas com uma condição: sem prole! A propagação desses prisioneiros é vista naturalmente como um perigo, já que podem usurpar o sultão reinante um dia!

Foi há muito tempo; eu estava com quarenta e dois anos e sabia que uma das minhas concubinas, de quem eu gostava muito, estava grávida. Eu não queria sacrificá-la ou à criança em seu ventre.

Esperei, resignado com minha sina. O bebê não poderia nascer e, se nascesse, não teria permissão para viver. Ainda assim, meu irmão, Sua Majestade Mustafá Han, mostrou ser piedoso e tolerante, fechando os olhos aos acontecimentos, poupando vidas.

Pelo meu ponto de vista, ele deve ter levado em consideração os muitos anos que passou encarcerado. Todas as privações pelas quais passamos durante aquele tempo, todo o sofrimento, amoleceram seu coração em relação a mim.

É verdade que o fato de um príncipe confinado ter gerado um filho causou muitos rumores no palácio. Felizmente, era uma menina, não um menino e, portanto, as repercussões foram limitadas. Só que ninguém jamais poderia se dirigir a ela como "sultana". Ela não poderia ser reconhecida oficialmente como minha filha. É por isso, eu soube, que se referem a ela como *ahretlik*, termo usado do para indicar crianças adotadas.

Nunca soube se foi uma coincidência extraordinária que me permitiu vê-la pela primeira vez ou se foi o destino; minha primeira incursão fora do palácio, aquela viagem apressada para ver o incêndio em Ayvansaray; pode ter sido um pretexto do meu destino, graças ao *agha* que conhecia a história melhor do que eu...

Minha Ayse Dürrüsehvar agora é uma jovem nubente; escolhi para seu noivo Ahmed Nazif Efendi e dei a ela, como dote, a Kuruçesme Yalisi[30]; eu não deixaria uma descendente passar necessidade. Ela pode estar longe da minha vista, mas nunca do meu coração.

Quando olho para trás, me lembro do meu primeiro filho nascido na nobreza, aquela pobre alma que partiu antes mesmo de abrir os olhos, meu filho natimorto... Deram a ele o nome de Abdullah quando enterraram o infeliz bebê, o inocente que não teve mais que um nome nesta Terra.

O fato de meu primeiro filho não ter vivido envolveu a população inteira de Konstantiniye na tristeza e eu já assumira o trono há três anos.

Felizmente, a decepção e a tristeza se dissiparam cerca de dez dias depois com o nascimento da Sultana Hatice. Eu me recordo das celebrações que marcaram sua chegada; mais de dez dias de festas e fogos... Comemorações que minha primeira filha não teve.

Eu pensei no barulho das saudações com tiros de canhão e rojões; e se eles perturbassem as grávidas, Deus me livre, e até causassem abortos? Decidi proibir esse tipo de cerimônia no futuro.

---

30 Vila no Bósforo. (N. T.)

Æ

Meu querido Soberano.
Eu soube que foi proclamado como *gazi*[31]. Ou, para ser precisa, não se recusou a ser proclamado como veterano. Dizem em todo o harém que o senhor abriu mão de muita coisa, mas esse título não poderia ser rejeitado frivolamente. Nem Sümbül Agha, meu único amigo, nem eu podemos falar livremente sobre isso em nossas conversas. Nenhum de nós pôde expressar que o senhor não merece inteiramente esse título. Nem que o senhor mesmo sabe que não é merecedor dele. Mas, por imparcialidade, não pararei de escrever.

Antigamente, o soberano cavalgava em campanha, liderando o exército e merecendo o título de *gazi* quando saía vitorioso. Os sultões mais modernos, não querendo deixar a Morada da Felicidade, aceitavam o título pelo triunfo de seus comandantes. Eu sei que o senhor assumiu a patente de *gazi* pela vitória sobre os hunos em Cihadiyye, graças aos esforços de Koca Yusuf Pasha... Bendito seja Abdülhamid-i Gazi!

Œ

A questão do príncipe herdeiro Selim vem à minha cabeça de tempos em tempos.
O Príncipe Selim é muito mais bem informado do que pensam e suas relações com o mundo exterior são muito mais desenvolvidas do que se acredita.
É fato notório que o pai dele, Sultão Mustafá, depositava grandes esperanças nele e fala-se que ele é popular entre os súditos.

---

31 É uma classificação para os que lutaram nas guerras. (N. T.)

A CONCUBINA

Também é evidente que o meu amo há muito trata Selim com tolerância e compreensão, isso deve ser motivado por sua própria disposição modesta...
Quanto a mim, eu reluto em alertar meu senhor.

TT

Eu não aprovo a ingratidão.
Eu sempre tolerei o legado de meu irmão Mustafá Han III quando ele partiu para o outro mundo; me abstive de despachar sua *Kadinefendi* Mihrisah Kadin, mãe do príncipe herdeiro Selim, para o Antigo Palácio, embora o costume ditasse que ela deveria deixar o Palácio Topkapi de imediato e que – ainda por cima – fosse separada do filho...
Eu não sou estranho à dor da separação dos filhos. Nos primeiros dias excitantes do meu reinado, topar com minha filha por aquela coincidência me mudou como ser humano e, daquele dia em diante, a imagem da menina nunca mais saiu da minha cabeça, apesar de saber que ela estava em boas mãos. Eu nunca poderia convidar minha querida pérola para minha casa, meu palácio, mesmo que quisesse.
Não é segredo que os costumes do palácio não perdoam, nem a mim, especialmente a mim. O símbolo mais valioso do Estado não pode ter falha alguma, como se fosse o soberano de um mundo mágico...
Então, embora minha magnanimidade possa não ofender, minha filha adotiva poderia. Quem sabe?

Eu sei que Mihriþah Kadin nunca sentiu gratidão por mim, por mais que eu tenha cuidado de Selim e o tenha instalado no Alojamento do Príncipe Herdeiro. Fiz tudo isso porque acredito que eles têm esse direito. Eu sei muito bem como é perder a mãe na tenra idade... Ordenei que o príncipe tivesse todo o conforto; eu sabia da afeição que seu falecido pai tinha por ele e como tinha grandes esperanças no filho. Selim foi educado pelos melhores professores durante o reinado do pai. Ele tinha treze anos quando subi ao trono e já era letrado em várias artes. Evitei cortar seu acesso a cientistas; em outras palavras, eu não fiz a ele o que o pai dele fez a mim.

Eu acompanhei, aprovei e estimulei, por exemplo, o interesse de Selim por poesia e música. Diziam que suas composições demonstravam um alto grau de esforço e um gosto refinado. Eu presidi pessoalmente apresentações das obras de meu sobrinho nos meus saraus musicais.

A caligrafia de Selim era belíssima. Mandei até emoldurar alguns escritos e pendurá-los em posição de destaque.

Afinal, ele é o primeiro na linha de sucessão; ele é que assumirá o Império Otomano depois de mim, enquanto meus próprios filhos terão de esperar sua vez.

Œ

Será que Askidil pensa se o sultão realmente gosta de perfume enquanto besunta a mais nova *gözde*, Meleksah, de quinze anos, com óleo de rosa dos pés à cabeça?
Será que ela tem o direito de escolher?

Aliás, quem tem direito de escolha? Essa jovem concubina? Essa jovem donzela que treme de ansiedade e também de apreensão? Askidil, que a prepara para a noite? A Tesoureira Imperial, que pode ter decidido puni-la por suas maneiras excessivamente livres encarregando-a dessa tarefa, que pode parecer um tapa na cara? Ou o *agha* do harém que supervisiona ambas?
É verdade que isso aconteceu sem o meu conhecimento, mas como eu poderia medir a semelhança disso com uma lição?
De qualquer forma, quem poderia lançar um desafio? Desafio a quem, qual e como?
Tal é a ordem que impera no harém que ninguém se atreve a desobedecê-la.
Eu poderia ter intercedido no último momento para poupá-la desse afazer, mas não o fiz...
Eu sei do amor de Askidil pelo soberano: por mais que ela saiba que não é correspondida, jamais desistirá dele. Evitei me meter, pois talvez ela perceba a própria situação, vivenciando pessoalmente a escolha de outra mulher, como uma ferida que é cauterizada.
Quem sabe ela perceba que é pelo amor em si que ela está apaixonada e que não pode abandonar...

Æ

Sua Majestade, meu Augusto Otomano.
Uma concubina nova se prepara para estar nos braços do meu amado soberano essa noite e eu farei o me-

lhor possível – essa tarefa inesperada que me foi confiada, que me devasta – para deixá-la agradável para o senhor, como se estivesse preparando um prato delicioso.
Com toda honestidade, farei o impossível para vesti--la com um traje que, desconfio, não o agradará muito, com sua sedução gratuita.
Quer saber como? Para começar, vou enrolar bastante o cabelo dela, fazendo os caracóis que eu sei que não gosta que encostem na sua pele sagrada e na ponta de cada um vou colocar minúsculas joias em forma de flor, muito embora, ou talvez por causa disso, eu saiba que prefere ser acariciado pelas ondas dos cabelos soltos envolvendo seu corpo.
Que esse seja o meu privilégio, esse conhecimento perverso...
Eu sei muito bem que o senhor evitará perguntar a essa jovem e imatura donzela – e estou confiante de que ela não conseguirá agradá-lo muito – quem penteou o seu cabelo, temendo perturbá-la, mas vai ordenar que ela o solte. A pobrezinha ficará sem jeito, talvez as lágrimas que vão encher seus olhos façam o *kohl* escorrer, ela vai se apressar para desfazer os nós que eu dei na ponta de cada cacho e não poderá olhá-lo nos olhos durante todo esse tempo. Ela vai ter mais pressa ainda, pensando que o senhor ficará impaciente e o senhor, o senhor se cansará.
Cansar-se facilmente, isso é algo que o senhor conhece bem.
Sempre dizem que o senhor se cansa facilmente.
Pensará em mim nessa hora? Eu acho que não há a mínima chance, claro que não pensará em mim, não há dúvida quanto a isso. Ou há e eu simplesmente não sou capaz de enxergar essa possibilidade?
Não, meu Soberano, o senhor não se lembrará de mim, essa concubina comum com quem se deitou ape-

nas uma vez, com quem passou algumas horas agradáveis, mas que nunca mais desejou.

Mas quem sabe se tivesse consciência da sua paixão ardente, do seu imenso e desesperado amor no coração talvez franzisse os olhos por um segundo, lembrando-se dela.

Se eu tivesse essa oportunidade mais uma vez, fico imaginando que talvez pudesse balançá-lo.

Eu mal poderia viver sem meus sonhos, meu amado Amo. Foram esses sonhos que encontraram uma resposta no Conselho dos Gênios, por mais difícil que fosse acreditar no herói deles...

Termino minha carta agora.

Tenho pouco desejo ou inclinação para imaginar o que o senhor sentiu com a jovem concubina.

TT

Eu penso com frequência no meu sobrinho Selim, o príncipe herdeiro – se meu desejo de não renegá-lo tanto, como era o costume antes, foi um mau julgamento. De tempos em tempos me pergunto se querer ser o mais magnânimo possível, tendo tanta afeição por ele quanto seu pai, o falecido Sultão Mustafá Han, terá sido de bom alvitre.

Eu não desejava infligir a ele os males do meu confinamento naquela prisão.

Eu não podia, com toda honestidade, tirá-lo dali totalmente, mas também não o deixei triste; contudo, talvez eu lamente essa decisão algumas vezes...

Não me ocorreu que ele poderia conspirar contra mim pelas costas. Eu me lembro, por exemplo, de como nós dois degustamos uma sobremesa da qual ele particularmente gostava. Embora não seja costumeiro o soberano fazer refeições com outra pessoa, eu desejava demonstrar a ele um afeto paternal; não direi que a razão me é obscura; eu não queria impor a ele as privações da minha infância, especialmente a solidão dos dias de festa.

Era um dia de outono, um dia em que os galhos do marmelo brilhavam dourados, a estação dessa fruta que mansamente colhe os raios relutantes do sol que se revelam ocasionalmente, para depois liberá-los.

É a estação que sempre me enche de tristeza, refletindo todos os outonos do meu passado no outono desse dia.

Embora essas abstrações com frequência me encham de uma melancolia irresistível, felizmente eu sei sair da escuridão e me virar em direção à luz...

De qualquer forma, eu pretendia inaugurar o mais novo jogo de sobremesa que o joalheiro-chefe tinha preparado para mim para o Ramazan Bayramı[32].

Eu sabia o quanto Selim gostava de marmelada. De fato, eu estava muito mais informado sobre ele do que imaginavam... Era a estação certa. Para ser justo, eu também gostava muito dessa sobremesa. Curioso para saber o segredo, eu até perguntei ao *chef* das sobremesas e aprendi como ela era feita. Uma operação muito longa e eu consumia o doce com uma rápida colherada... Primeiro, ele batia à mão as claras de ovo; depois, acrescentando açúcar e água, ele colocava a mistura no fogão; quando começava a ferver, ele tirava a espuma e colocava os marmelos descascados e fatiados, cozinhando-os até amolecerem. Ele tirava a

---

32 Eid-al Fitr, festa religiosa celebrada no final do Ramadan. (N. T.)

panela do fogo, punha uma pitada de sal, devolvia ao fogo mais uma vez até que levantasse fervura de novo. Depois, coava com uma musselina e fervia de novo. Por fim, adicionava um pouco de cravo passado em água quente. O *chef* me disse que tirava o doce do fogo quando o líquido formava um fio na concha. Por quanto eu pensei que a relação com Selim era como esse fio... Nunca se rompendo, mas ficando cada vez mais fino... E o fogo também, o fogo do trono. Contudo, eu não comprometerei o Estado; jamais permitirei a desordem.

No dia anterior, eu tinha ordenado essa sobremesa para o provador-chefe, que ele passasse o pedido para a cozinha. Também ordenei que a sobremesa fosse apresentada no novo jogo de ouro criado pelo joalheiro-chefe segundo a nova moda. Quando aquela deliciosa marmelada tivesse esfriado e fosse realçada pela cor daquela incomparável obra de arte, a compoteira com borda carmim... Um brilho carmim, como a cor da ambição.

Æ

Meu Augusto Soberano ordenou que eu acompanhasse as festividades de música e dança dessa noite e conduzisse as moças.

Agora, essa é minha tarefa constante.

As moças obedecem cegamente à sua serva seja por que motivo for.

Agora eu irei supervisionar os trajes delas para assegurar a harmonia de cores quando elas se enfileirarem.

Assim, os olhos sagrados de nosso Senhor do Universo terão uma bela visão.

Quem sabe ele goste de uma delas, convocando-a para sua cama para concluir a noite; por isso todas devem estar limpas, cheirosas, enfeitadas com joias suficientes, as cinturas finas circundadas por cintos com fivelas de ouro e rubis, as mais cheias com faixas sustentando a barriga, e hena nas mãos e pés de todas elas...

Mesmo assim, nenhuma está mais equipada para lhe oferecer amor mais perfeito do que o meu...

Eu adoraria fazer amor com o senhor nesse magnífico salão algum dia, meu Sultão.

Vagarosamente, sem pressa.

Adoraria que olhasse para o meu rosto com seus olhos calmos – cujo fogo latente só eu percebi – e acariciasse meu cabelo com seus longos dedos.

Não seria uma demonstração violenta e incansável de paixão como naquela primeira e última noite que tivemos juntos. Mas um período de tempo tranquilo, de toques suaves, em que sentiria minha pele e eu a sua, em que cada segundo se estende por séculos e é saboreado. Como se estivéssemos dissociados do mundo real.

Eu ansiaria pelo senhor mesmo enquanto continuasse a me amar. O anseio de tempos por vir.

Eu o enlaçaria como se estivesse livre de todas as preocupações deste mundo. Eu não sei o que o senhor sentiria; é provável que meu grande e ilimitado amor envolvesse a ambos. E ainda assim, se todas essas coisas acontecessem, eu nunca teria a oportunidade de sentir esse anseio, meu amado Soberano.

Meu Senhor Celestial age por caminhos misteriosos.

TT

Íamos mergulhar nossas colheres na sobremesa juntos, tio e sobrinho, as colheres de ouro, os cabos encrustados de diamantes. As tigelas foram dispostas sobre travessas encrustadas de diamantes, ofuscando meus olhos como se tivessem capturado toda a luz do universo... Nunca era fácil determinar o estado de ânimo de Selim.

Ele tinha sido convidado – ou trazido pelo Darüssaade Agha e seus próprios criados – para conversar comigo no Gazebo Bagdá, que aprecio muitíssimo; uma conversa em um local sem par com uma hospitalidade sem par...

Ele hesitou à porta; quando levantei a mão e o convidei para entrar, se moveu devagar, beijou a barra do meu manto e minha mão e esperou. Ele nunca deixaria de observar a conduta adequada na presença do tio Padisah.

Ter sido convidado para vir aqui já foi um grande favor; eu indiquei que ele se sentasse ao meu lado, o mais calorosamente possível.

Ele se sentou, novamente com maneiras impecáveis. Mas percebia-se uma apreensão palpável nele. Ele lançou um olhar para a magnífica bandeja colocada na mesa de prata diante da vista para o Bósforo; notei que ele ficou satisfeito. Naturalmente, ele não começaria a falar antes de mim.

Os criados orbitavam à nossa volta, observando. Era inquestionável que esse encontro forneceria material para muitas discussões dentro dos muros do palácio.

Selim pensava que eu tinha algum tópico em particular para conversar com ele e por isso parecia estar na defensiva; cada gesto era excessivamente cauteloso e deliberado. Por outro lado, meu objetivo era demonstrar o quanto eu o apreciava e assim talvez constrangê-lo um pouco, certamente não era para discutir questões de peso relativas ao Estado. Eu sabia que ele acreditava que era ele que deveria estar ali como monarca, não eu, e não importava meu comportamento afetuoso para com ele, ele não se abalava.

A um sinal, meu leal criado me entregou a tigela que estava perto de mim; o doce acabara de ser provado pelo provador-chefe. A sobremesa oferecida a Selim não foi provada.

Eu vi como meu sobrinho hesitou e por quanto tempo. Seu rosto normalmente pálido estava níveo, a preocupação em seus olhos da cor do céu totalmente evidente. Ele tinha de tomar uma decisão. Todas as atividades furtivas recentes para me derrubar, todas as reuniões e cartas que ele escrevera devem ter passado por sua cabeça como um raio...

Eu estava perfeitamente calmo, observando-o com disfarçado escárnio. Ele acabou reunindo coragem e mergulhou a colher na pasta vermelha, a mão tremendo. Ele mal notou aquela delícia dissolvendo-se em sua boca. Depois olhou de esguelha e me viu apreciando a sobremesa, por isso continuou a comer e eu desconfio que ele só saboreou de verdade a marmelada nos últimos bocados.

Eu me pergunto: eu devia ter mandado envenenar a porção de Selim naquele dia?

Œ

Eu tinha recebido recentemente uma visita de Ahmed Nazif Efendi, marido da filha adotiva do meu amo. Não gosto particularmente dessa pessoa, que colocou o pai e o irmão em altas posições desde sua própria ascensão ao posto de genro do Padisah; ele sabe como conseguir o que quer. Ainda assim, ele é um homem inteligente e sei bem como ele é devotado ao nosso senhor. Seu próprio padrinho, afinal...

Seu objetivo ao se abrir comigo era indiretamente proteger sua própria pessoa.

Ele me contou como o Príncipe Selim andava tramando há algum tempo para destronar nosso amo e assumir o poder e como ele mandava os homens a todo e qualquer lugar para fazer sondagens. Eu não desconheço totalmente tudo isso, todos os incêndios frequentes na cidade, os murmúrios do povo, as liberdades tomadas pelos francos e a cada vez mais frequente correspondência entre o Príncipe Selim e o rei franco.

Como transmitir isso ao nosso majestoso soberano sem enfurecê-lo?

Ao concluirmos nossa conversa, concordamos que o assunto não podia esperar e que devíamos informar oPadisah sem mais delongas, correndo o risco de perturbá-lo.

TT

Que Selim tem se correspondido com o rei franco não é fato que eu desconheça. Eu sei, embora finja ignorância. Seria possível tais rumores não chegarem aos meus ouvidos? O que importa a mim é o bem-estar do país; sendo esse o caso, eu não desejaria sacrificar um príncipe herdeiro bem-criado.

O Príncipe Selim sofreu bastante com a perda da Crimeia, quase tanto quanto eu, toda Konstantiniye ficou sabendo. A perda da Crimeia, base de um império importante, é um prejuízo difícil de suportar para o nosso Estado. Não há dúvida de que eu penso assim. Infelizmente, contudo, ele expressou a opinião de que essa perda se devia à pouca visão de minha parte, como se eu não sofresse muito mais do que ele... Ele até compôs um poema de rebelião...

Devemos ficar sob o fio da espada?
Vingamos assim nossa religião?
Escravizando tártaros um a um
Ficando a Crimeia com os russos, oh desgraça
Que eu apresse a desforra com raça
Oh, que tortura

Estou bem ciente de que ele pensa que a política otomana seria diferente se ele estivesse sentado no trono, pois as coisas caminhariam de modo mais favorável. Mas pouca diferença faria substituir o monarca enquanto as condições continuarem as mesmas! Espero que quando meu sobrinho assumir o trono ele seja capaz de fazer todas as reformas para contentar seu coração.

Que ele continue a se corresponder com o rei franco à sua maneira cordial. Vejamos aonde isso o levará.

Æ

Eu deixei todas as estações nesse jardim, com a intenção de juntar o melhor de cada uma delas... Coloque esse lírio do campo de perfume estonteante lado a lado com a violeta azul que não precisa de cheiro para aparecer, eu pensei, e as flores apareceram perto de mim. Eu nem notei que elas surgiram das minhas próprias mãos, como se o habilidoso manejador da tesoura não fosse eu mesma. Eu não quero a beleza que reina desdenhando a aflição alheia, a beleza que ignora a tristeza dos outros. Eu viso a beleza verdadeira e pura. É outra coisa totalmente diferente.

Eu avanço pelo meu jardim. Meus pés estão descalços. Eu me movo devagar, desfrutando da suavidade da carícia feita pelo capim na minha pele. Uma acácia jovem de um lado, diferente de todas as outras, distante, solitária. Aquela mão, minha mão, a colocara um tanto separada das outras deliberadamente. Eu me uno à acácia. A acácia de todas as estações. A acácia que está em flor. Minha estação favorita. A estação das flores. Uma estação independente do calor do sol, da generosidade das chuvas ou da violência das tempestades; uma estação, o único fruto do prazer de Askidil, o desejo de Askidil de florescer.

Agora, só a acácia perfuma o ar. Eu respiro profundamente esse delicado odor da acácia. Essa é uma árvore nova no jardim do Sultão, uma recém-chegada no jardim imperial. Dizem que sua terra natal fica muito longe; tirada de sua terra quente, ela foi transplantada aqui. Como ela se dá bem na terra nova. Pedras de um lado, feitas de papel marmorizado, indo do preto ao roxo, aqui escuras, ali avermelhadas; e, em algum lugar no meio, pontinhos rosados aninhados nos veios vermelhos... Eu cortei tantos pedaços diferentes entre si, usando apenas uma parte minúscula de cada um para fazer essas pedras e finalmente obtive o resultado que desejava.

Um chamativo conjunto de pedras me encara de um lado do jardim, tendo no topo um impressionante gavião... Uma união bem intimidante, a rigidez das pedras e a crueldade do gavião... Os veios das pedras se assemelham ao sangue que pinga da presa do gavião. Uma ligação entre os dois. O marrom da asa da ave de rapina é feito de papel ondulado, as sombras avermelhadas, como os olhos dele. A ferocidade em seu olhar é o que mais assusta, muito mais feroz do que suas garras fechadas sobre as pedras ou seu bico afiado. Eu me aproximo. Ele se mexe ligeiramente, como se quisesse chamar a minha atenção. Mas não há espaço para o medo na minha mente. Eu estendo a mão calmamente. Ele é um pássaro do meu jardim.

O perfume da acácia dissipa a sombra do medo num instante. Meu coração é banhado pela luz. O animal terrível é subitamente transformado em uma criatura totalmente diferente, uma andorinha da montanha que defende os homens... E ela alça voo de repente, desenhando círculos acima da minha cabeça, como se quisesse me levar a algum lugar. Eu a sigo obedientemente.

Eu passo por um portão de ferro pontilhado de rosas selvagens e lilases, pensando nas cores harmoniosas das flores. Mais à frente, uma casinha; tem alguém parado na porta, alguém que me é familiar, embora seu rosto permaneça indistinto. Oliveiras cercam a casa, com azeitonas maduras nos galhos, prontas para serem colhidas. Eu fico parada, presa no lugar por algum motivo; incapaz de dar mais um passo, espero. Sinto que é a coisa certa a fazer.

Percebo que cheguei ao fim do passeio em meus sonhos. O coração aliviado, o perfume das flores nas minhas narinas, volto para o meu dormitório.

TT

Todos os que veem esses jardins dizem que encontram algo diferente, como se eles fossem encantados! A mão que maneja a tesoura pertence a Askidil, mas seria uma força misteriosa que criava as formas? Dizem que aqueles que encontram o caminho como que entram em seus próprios jardins de sonho, o tempo todo sentindo o espírito de Askidil dentro deles...

Eu fiquei intrigado com os outros jardins dessa minha concubina. Sua fama chegou aos quatro cantos do harém, mas se eu não tivesse topado com um no quarto de Binnaz Kadin...

Que hábil era essa jovem mulher na arte da decupagem.

Devo confessar que ela é a mulher que tem habitado a minha mente. Habitado, mas evitada deliberadamente. Eu não admitiria isso nem para mim mesmo.

A única noite que passei com ela me transportou para lugares desconhecidos e eu, eu preferia o que conhecia na época. Os terrenos familiares onde eu reinava supremo, terrenos onde meu coração não estaria tão loucamente enamorado...

Aqui estava eu, quase vencido por aquele desejo secreto e maravilhado com os jardins de papel que cresceram pelas mãos dessa mulher surpreendente, Askidil.

Æ

Meu querido Sultão.
Eu soube que está curioso sobre meus jardins de papel, que grande honra para mim, que felicidade inalcançável. Eu escolhi meu jardim mais espetacular para seu deleite. O que eu vivenciei à medida que criava esse jardim foi tão admirável que seria de acreditar que um terremoto acontecera... Eu empurrei o grande portão de ferro, a primeira parte do jardim que eu criei, para ver uma carruagem de dois cavalos à minha espera. Quem me mandou nessa viagem foi o senhor, mesmo que não saiba. Fiquei pensando no grande privilégio que é isso. Eu era a única das suas concubinas que podia sair do palácio para vagar pelas campinas, mesmo que apenas em uma carruagem cujas cortinas estão fechadas e acompanhada dos *aghas* do harém. Nessa viagem no meu jardim de sonho, Jaffar Agha me acompanha. Agora eu sei por que minha mente se fixou nele, pois uma enorme sensação de segurança me preenche quando ele está por perto. Supostamente o senhor me mandou nessa viagem, meu amo, porque a reputação de meus jardins de papel se espalhou e o senhor quer que eu me inspire em jardins de verdade; quanta consideração. Com toda sinceridade, aproveitei a viagem, minha alma está repleta de inspiração. O senhor se preocupar com o meu bem-estar, sem que eu sequer note, é o maior favor de todos. Forçosamente, isso me dá esperança... Um inexplicável cansaço da alma se instalou em mim na viagem de volta. Não do tipo que dizem afligir o viajante, algo diferente que eu luto para expressar, uma espécie de debilidade. Minhas entranhas se fizeram em pedaços na volta. Eu estava murchando com a agonia do anseio ape-

nas dois dias antes. A postura das árvores, suas formas e folhas, campos de papoulas escarlates a distância e até os pequenos redemoinhos nos rios, tudo me lembrava só uma pessoa. Eu tentei me livrar dessa sensação, mas não consegui. E agora eu puxei uma coberta sobre essas agonias. É uma coberta fina demais, pronta para se dissolver vagarosamente ou se rasgar de supetão. Eu sei disso, mas meu coração não queima mais com a visão das acácias. Eu não sei se a seguir virá uma revolta ou um motim. Isso não é a morte, sei disso. Eu vi fileiras e mais fileiras de árvores no caminho. Inúmeros ninhos de pássaros em alguns galhos. Outros totalmente vazios, nus, nenhum pássaro os escolheu como casa. Outros gemem sob o peso de incontáveis ninhos.

Eu sei que não quebrarão com o peso; eles aguentarão. Eu me sinto tão próxima dessas árvores. Pesadas, mas sem perigo de cair. Pesadas muito acima de sua capacidade, mas prontas para traçar novos limites, limites que elas nunca alcançarão.

Quando saí do meu jardim imaginário, eu sabia que tinha deixado para trás uma longa viagem que me cansou mais do que se tivesse sido real.

TT

O desejo de levar Selim comigo para observar o comboio indiano foi devido à minha boa vontade. Eu não queria negar a ele esse prazer...

Um grande comboio chegara da Índia durante o reinado do filho do meu tio, Sultão Mahmud Han. O comboio trouxera o imenso e famoso trono do pavão, que agora está no meu tesouro, adornado de esmalte vermelho e verde e pérolas; suas pernas, patas de elefantes... Seu esplendor soltou as línguas, histórias emocionadas correram por toda parte, inclusive na prisão, excitando a todos nós. Infelizmente, meu parente, o Augusto Imperador, não era tão tolerante quanto eu; ele não teve a generosidade de deixar que fôssemos ver os visitantes, os elefantes enfeitados.

Esse novo grupo pode não ser tão fabuloso, embora esses homens que viajam com seus elefantes sejam uma visão imperdível. De qualquer forma, foi uma decisão politicamente astuta demonstrar hospitalidade. Esses homens de Fateh Ali Tippu, Sultão de Mysore, vieram aparentemente pedir o apoio dos otomanos contra a Rússia, mas seu objetivo verdadeiro era obter qualquer vantagem que pudessem conseguir.

Os xales multicoloridos e pesadamente bordados sobre as costas dos elefantes maravilharam as multidões e nem eram os tecidos indianos que nos custavam rios de piastras ano após ano! Essa paixão por tecidos estrangeiros é uma tendência que mal conseguimos conter. Igual às roupas europeias da nova moda que também competem com as locais, até emiti um édito, proibindo sua confecção, mas de nada adiantou... Os mercadores trazem mais das terras francas, da Inglaterra e das terras flamengas e é duro combater esse comércio.

De qualquer forma, esses enviados que atravessaram distâncias tão vastas trouxeram vários armeiros para demonstrar suas habilidades e armamentos de variados tipos, nos brindaram com um impressionante desfile no dorso dos elefantes, tentando impressionar meus vizires

com promessa de apoio instantâneo caso persas ou moscofs[33] nos atacassem.
E, naturalmente, vieram equipados com diversos presentes. Um deles, por exemplo, um fabuloso borrifador de água de rosas que chamou a minha atenção, um que eu considerei adequado para meu príncipe herdeiro Mahmud. É uma árvore de tamanho razoável, pérolas e rubis pendendo de todos os galhos, como pinhas; feita de ouro maciço, encimada por um borrifador decorado com aquele esmalte indiano sem igual, é quase uma ousadia usá-lo.
Sabendo de antemão do seu gosto por ostentação, eu não a neguei a eles. Ordenei uma impecável parada militar para acompanhar a festa em Kagithane, festa na qual os enviados seriam entretidos. Mandei especialmente que os *aghas* da Corte Interna demonstrassem sua perícia nas artes de dardos, lanças e rifles, que praticassem antes para impressionar os visitantes.
Também não deixei de comparecer pessoalmente, levando meus filhos e Selim. Eu não tratei o príncipe herdeiro Selim de maneira diferente da dos meus próprios filhos... Quanto mais maravilhas você vê, mais experiente fica; aqueles que iriam reinar deveriam ver o mais que pudessem para se tornarem mais aceitáveis.
Esses indianos tinham desejos próprios; insistiam em acomodações perto do mar. Descontraíram quando um palacete na costa do Üsküdar foi designada a eles. Temos o dever da cortesia com nossos aliados. Eu falei para meu grão-vizir: "A questão da aliança pede reflexão antes de uma decisão".

---

[33] Termo otomano pejorativo para Rússia e russos. (N. T.)

Œ

Agora já é fato amplamente conhecido que meu amo sai disfarçado usando uma faixa verde em volta do barrete de teólogo; o povo está acostumado a vê-lo. Também é sabido que assiste a funerais vestido assim, eles sabem, mas fingem ignorância, todos cientes de que isso vai satisfazê-lo ainda mais. Uma vez ele foi visitar doentes, meu amo é modesto assim. Seus súditos o amam. Tudo porque percebem suas boas intenções. Não é uma bênção concedida a muitos monarcas. É impossível não admirá-lo. Mas que estranho caminho é esse, tirar algo que pertence somente a ele e não sentir remorso algum. Eu não sei.

TT

Eu tenho um segredo referente ao príncipe herdeiro Selim.
Eu tinha curiosidade sobre o futuro de Selim, se ele iria chefiar o Império Otomano.
Oh, o que fazer?
E se eu consultasse o chefe dos videntes? Filho do vidente-chefe Abdi Efendi, da época do pai de Selim, sei o quanto ele era leal ao seu amo antigo, apesar de nunca deixar de mostrar respeito a mim.
E quanto ao vidente-assistente? Criado pelo antigo e até tendo superado o mestre, Yakub Efendi é mais leal a mim.

Em outras palavras, ele é perfeito para o serviço!

Então eu contei a Yakub tudo sobre o calendário do nascimento de Selim, a hora, o frio cortante ainda fresco na minha memória, como vi a neve caindo no pátio do harém, sentado à janela do meu cárcere, não olhando para o chão, simplesmente observando os flocos flutuando no ar... O tempo todo pensando na estranha guinada do meu destino...

E eu lembro tudo o que foi dito no harém, como os súditos cristãos se alegraram com o nascimento do príncipe herdeiro no dia do nascimento do profeta deles, o Santificado Jesus, e se juntaram em peso às celebrações... Eu nunca soube como interpretar esse fato! Nunca soube!

Após o meu nascimento, houve um longo período sem que nascessem herdeiros homens, todos sabem disso. O nascimento de Selim rompeu essa corrente, isso significa que não há homens entre nós dois. Selim chegou trinta e seis anos depois, deixando extasiados meu irmão Mustafá e a corte inteira...

De qualquer forma, foi muito tempo atrás, voltemos ao vidente Yakub. Eu enviei uma carta imperial para ele, para ser levada por ninguém menos que o grão-vizir, para que nenhuma outra mão tocasse nela.

Nela, eu mandava que ele averiguasse tudo o que pudesse ser revelado por esta data e hora de nascimento: quinta-feira, vinte e cinco, às duas horas e cinquenta e oito minutos, no ano quarenta e quatro.

Eu conhecia a verdade muito bem, mas meu falecido irmão que depositava toda sua fé na profissão dos videntes, não. Seu filho Selim tinha nascido exatamente cinco minutos antes da hora determinada como mais auspiciosa. Mas o vidente, temendo a ira de meu irmão, colocara a hora com mais cinco minutos e anunciara a chegada de um guerreiro invencível na pessoa do príncipe herdeiro.

Agora chegava a hora de eu descobrir o verdadeiro destino do príncipe. O vidente deverá consultar as estrelas e me informar sobre o futuro de Selim, mas deve evitar que o vidente-chefe, o chefe dos guardas armados ou qualquer dos eunucos do Portal da Felicidade saibam. E que ele queime esta carta imperial assim que a tiver lido, longe de olhos curiosos...
E o que viu o vidente Yakub?
Que Selim subiria ao trono no futuro distante, que seu reinado seria marcado por revoltas, tumultos, consternação e sofrimento. E que ele teria um fim muito triste... Se me perguntassem se isso me incomodava... eu não saberia dizer.

Æ

Luz da minha vida.
A tristeza voltou em ondas. Eu deveria saber que não seria tão fácil assim; eu sabia, mas fingi não saber.
Uma palavra que ouvi bastou para me relembrar daquele único encontro que tivemos. Aos meus olhos o azul das oliveiras tornou-se cinzento. O branco doce e brilhante da acácia enferrujou, ficou marrom. O vermelho das papoulas feneceu. Os rios estão correndo mais depressa? Eles atacam as rochas no caminho. Eu estou queimando por dentro, de novo. Os cardos que eu não notei antes estão pinicando meus olhos. Uma nova parada em minha vida. Eu faço uma pausa em uma dessas paradas e fico ali. Em outras, faço um intervalo breve. Outras ainda são sim-

plesmente apagadas com certo desconforto. Amarelos e roxos chamam minha atenção. Sempre juntos. O roxo é solene, enquanto o amarelo é frívolo. Se sempre será assim eu não sei. Essa tristeza me inspira novos jardins. Talvez tudo opere com esse fim...

77

Como a vida é estranha.

Foi Ahmed Nazif, marido de minha filha adotiva, quem me avisou da trama do grão-vizir Halil Hamid Pasha para me destronar e pôr Selim no meu lugar.

Marido de minha única filha, a quem eu conhecera por ocasião daquele incêndio, no início do meu reinado, eu o nomeei Tenente do Conselho Imperial após uma série de cargos no Estado. E sempre fiz questão de cuidar do pai dele, Haci Selim Agha, e de seu irmão, Mehmet Emin Efendi.

Sempre sustentei que o homem que ocupa o posto de grão-vizir deve ser adequadamente equipado com extensos poderes e um grau de independência, em nome do bem do Estado... Desde que ele não abuse desses poderes. Foi graças a Ahmed Nazif Efendi que algumas suspeitas minhas foram confirmadas.

Para ser justo, Halil Hamid Pasha era afeito a instituir as reformas que eu desejava; ele fora bem-sucedido no estabelecimento de novos sistemas dentro do exército convidando cientistas francos; inaugurou as Oficinas de Engenharia Naval, nas quais eu coloquei tantos recursos;

e reabriu a Gráfica Müteferrika Ibrahim Efendi, improdutiva desde sua inauguração durante o reinado de meu pai, Ahmed Han. Mas como eu podia ignorar os boatos de que ele tinha me traído, passando para o lado do príncipe herdeiro Selim? Verdade seja dita, pouco havia que corroborasse a suspeita de uma tentativa de assassinato contra minha pessoa; ele pode ter negado, mas essas suspeitas são impossíveis de ser esquecidas, a menos que sejam completamente erradicadas. De qualquer forma, meus homens disfarçados há tempos entreouviam conversas me censurando, em cafés e barbearias. Depois, houve a escassez de grãos devido ao confronto na Crimeia e os incêndios frequentes demais que alimentavam o descontentamento do povo; apresentar Selim como única solução para esses males só dava mais combustível às chamas... Também se diz que a embaixada franca colabora secretamente... É claro. Por que mais Selim continuaria a escrever tantas cartas... Mas eu não irei ceder meu trono tão facilmente.

Æ

Meu Sultão Imperial.
Por que as cores fugidias, pálidas e nobres do outono nunca são usadas nos imponentes azulejos? Por que tonalidades tão exageradas? Esse paraíso fabricado? O mestre que os fez ignora o fato de que o universo não é as-

sim? Onde está a tristeza oculta nos jardins? O mundo dele é um jardim de rosas? Como as pétalas brilhantes e vermelhas dos cravos se curvam orgulhosamente, como o azul profundo da esguia tulipa se destaca do resto e cada botão do galho de primavera, colocado tão futilmente na monotonia da folha semelhante a uma adaga, está condenado a permanecer fresco eternamente.

Às flores é negado o direito de amadurecer e murchar, ficando imóveis no tempo, contentando-se em observar tudo o que se passa diante delas.

O que dizer dos ciprestes no portão de entrada do harém? Tão perfeitos, tão desafiadores, tão eretos, sem nenhuma inclinação, por menor que seja, diferentes daqueles do jardim... Sim, tudo é muito bonito, quanto a isso não há discussão, mas talvez bonito demais, ordeiro demais, glorioso demais...

E quanto às adoráveis romãs que captam o atrevido turquesa do fundo e o refletem em suas folhas?

Não, minhas flores, folhas e até romãs não são assim; se essa arte é o espelho da alma do artista, então que a natureza seja adornada com as cores do outono, como eu fiz. Esse é o meu jardim de sonho, afinal, então eu espalho flores totalmente abertas se assim eu quero e, afinal, o outono também não tem flores?

TT

O Gazebo Bagdá me faz recordar tantas coisas... Às vezes, quando venho aqui para observar algum espetáculo montado no lago desse pátio, me lembro de uma história do meu tio Mahmud Han. Num dia de inverno, bem frio, meu tio, que tinha chegado com seu séquito, mandou um anão ser atirado ao lago; quando os pajens o agarraram e o jogaram nas águas geladas, o pobre coitado começou a bater pés e braços, gritando por socorro. E o que fez então Sua Majestade Mahmud Han? Ele mandou o anão declamar um *gazel*[34] ali mesmo, se quisesse ser socorrido; o pobre anão começou a recitar um poema nada melódico, subindo e descendo na água, tremendo o tempo todo, enquanto todos riam desse *gazel* recitado por medo. O sultão se divertiu muito e, finalmente, ordenou que o anão fosse tirado da água quando o homem já estava prestes a se afogar, exausto. E mandou que uma bolsa de ouro fosse colocada sobre seu peito para aquecê-lo...

Sempre chega o dia em que seus pecados lhe fazem uma visita... Sempre me perguntei se os sons convulsos e desesperados que saíam do caixão do meu tio na noite em que ele foi enterrado terão sido em vão... De qualquer forma, não é hora de pensar em coisas tão sombrias...

Ao contrário do meu tio Mahmud Han, eu não trato os anões da corte com tanta crueldade... É verdade que a presença dessas pobres criaturas serve para alegrar a mim e ao meu séquito... Ou seja, é tido como correto empurrá-los, ridicularizá-los. Pode ser que seja assim, mas eu nunca esqueço que eles também são filhos de alguém. Só que meus príncipes herdeiros adoram os números dos anões, por isso nunca deixo de levá-los em passeios, principalmente quando meus príncipes estão presentes.

---

34 Poesia erótica. (N. T.)

A CONCUBINA

Œ

Faz parte do costume que príncipes herdeiros e o resto da corte zombem de anões e mudos. É frequente ver anões fingindo lutar e mudos pregando peças, um jogando o outro na água, mirando o outro em guerras com bolas de neve e coisas assim...
Nosso amo ocasionalmente ri alto dessas palhaçadas, mas eu sei o quanto as deficiências deles o entristecem.

Uma vez, o príncipe herdeiro Mustafá montou em seu pônei, um presente do grão-vizir, levando o menor anão na sela e, com força suficiente, empurrou o anão lá de cima.

O anão bateu a cabeça numa pedra e sangrou, e meu amo castigou o filho proibindo que ele cavalgasse durante semanas, esperando que ele refletisse sobre seu ato.

Por outro lado, um total de doze barcos, entre eles dois esquifes de treze lugares, fica à espera para a diversão dos príncipes.

Um dos melhores espetáculos do harém é o dos bonecos de sombra que Abdülhamid Han e os príncipes adoram. Algumas vezes as mulheres do harém têm permissão para ver essas exibições. Bonecos de couro por trás de um pano esticado, além de luzes móveis... Música acompanha os heróis engraçados e contos curiosos...

A imitação é outro componente do cardápio de diversões do sultão. Criados vestidos de fadas, marinheiros, militares, carregadores de água ou cozinheiros desfilam e encenam peças. A favorita é uma em que erguem uma fortaleza de mentira, travam uma batalha imaginária e escravizam os persas. Todos os espetáculos são regiamente recompensados com muitas piastras...

Æ

Meu Amantíssimo Soberano.
Eu fiz esse último jardim só para mim... Eu já sei que o jardim que eu enviei ao senhor o agradou bastante.
A bolsa de ouro que tão generosamente me mandou causou muita inveja, mas o que mais me importou foi o outro objeto, o broche minúsculo que posso prender no peito, acima do coração, um pássaro de diamante cujas asas adejam com cada inspiração minha...
Nunca capaz de voar, mas sempre prestes a alçar voo. Obra de um mestre joalheiro, sua forma determinada por ele, a mola fina sob suas asas cuidadosamente inserida. Um único olho de rubi, o outro está escondido. Não foi feito para ser visto mesmo...
Parece uma andorinha da montanha.
Parece um presente concedido após uma noite de paixão, embora este tenha muito mais significado.
Em troca do meu trabalho, amor e labor, um presente seu, meu ex-amante...

Œ

Toda vez que a encontro, sou tomado por um desejo de gritar: "Sinto você dentro de mim e isso é maravilhoso. A qualquer hora. Você é única para mim. É a mais querida".
Quem sabe chegará a hora em que eu consiga dizer isso com facilidade.

Toda vez que a encontro, fico desconcertado. Sümbül Agha parece entender minha situação.

Æ

Meu Inspirado Padisah. Quando eu era menina, minha mãe, de quem mal me lembro, apenas uma imagem loira, me dizia que eu cresceria linda. Todos ao meu redor concordavam com isso, elogiando meu cabelo loiro que caía sobre meus ombros, a covinha na bochecha esquerda, as sobrancelhas arqueadas e a tristeza dos meus olhos da cor de um rio, brilhando fracamente, embora com inteligência. É disso que me lembro da minha infância... A vida era simples no lugar onde nasci. Era um bairro modesto, escondido num canto desta Cidade da Felicidade, minúsculo em seu enorme regaço. Meu pai, um carpinteiro, era um mestre em sua arte, não era meramente um ofício. Eu me lembro dele fazendo guarda-louças e portas para as casas dos paxás. Me contaram que ele até forneceu ao palácio. É bem provável que eu tenha puxado a sua habilidade manual. Cabia à minha mãe criar a felicidade, o bem-estar e a ordem na casa da família, aquela mulher de constante bom humor. A vida naquelas vielas estreitas e quintais minúsculos era como música perpétua.

Ela subia e descia, mas nunca parava; retomava o passo de dia e diminuía o ritmo quando escurecia, virtualmente se extinguindo à noite, esvaindo-se das casas...

Eu não fazia manha. Era uma criança alegre, amada pela vizinhança inteira. Meu cabelo brilhava de tanto ser afagado. Então veio o grande terremoto, aquele desastre horrível durante o reinado de seu irmão, Sultão Mustafá. A nossa casa foi arrasada. Eu estava no primeiro andar e não sei como sobrevivi, enquanto minha mãe, meu pai e minha linda irmã mais velha faleceram. Muito depois fiquei sabendo que pouca coisa não foi danificada em toda a Cidade da Felicidade, que as grandes mesquitas Fatih, Bayezid e Mihrimah, o Bazaar, banhos turcos e muralhas ruíram, que as pessoas se juntaram nos pátios das mesquitas e nas praças e que grandes fendas se abriram até no Novo Palácio. Eu não tinha idade para entender nada, mas esse evento funesto também traçou meu destino. Vizinhos sobreviventes me tiraram dos escombros no dia seguinte. Eu acabei indo parar no palácio da Sultana Esma, uma órfã de seis anos de idade... Como eu disse anteriormente, minha beleza se destacou e sua irmã me criou... Mas deixei de me tornar a beldade estonteante que eu esperava. Fiquei bem comum, incapaz de competir com as outras moças. Ainda assim, minha inteligência não tinha rival; isso e minha risada alegre. Esses devem ser os motivos pelos quais a Sultana Esma me achou digna do seu harém e me presenteou. Ela costumava observar como uma tristeza estranha se apossava de mim sempre que eu começava a cantar com voz profunda e me proibia de cantar por um tempo. Deviam ser as lembranças daqueles dias despreocupados da minha infância que davam amargura à minha voz.

Eu sabia que seus olhos um dia pousariam em mim, mesmo estando cercada de mulheres muito mais belas do que eu. Também me ocorreu que esses olhos não se deteriam em mim... Que seja assim.

Eu sempre quis rejeitar esse mundo onde a beleza conta tanto. Tudo o que eu deixaria para trás seriam a tristeza em meus olhos e minha covinha...

Œ

Veja só as coisas em que essa concubina pensa, esta Askidil!

Seu interesse nas questões do mundo, passadas a ela por Sümbül Agha, é assombroso. Parece que os dois se sentam para discutir a situação política da Terra!

Não é segredo para Sümbül Agha que essa moça é diferente e ele está ciente da importância dela para mim. Para me agradar, me conta tudo o que ela faz, mas ele se esforçou para explicar as ideias dela sobre a czarina russa.

Verdade seja dita, a mente de Sümbül se esforça para acompanhá-la. Meu amo majestoso deve ser cego para não ver o tesouro que possui. Oh, como essa moça podia ser só minha, minha parceira, minha esposa...

É isso que chamam sonhar com o paraíso?

Æ

Meu Majestoso Hakan[35].
Que coisas fascinantes chegam aos nossos ouvidos nas profundezas do harém imperial, que maravilhas escutamos que também o assombrariam caso as ouvisse! Não poder sair jamais não precisa deixar a pessoa ignorante dos fatos do mundo exterior.
Eu adoraria a chance de desvendar essas muitas coisas que ocupam minha mente, desejo conversar com o senhor sobre esse assunto, por mais impossível que saiba ser isso.
Dizem, meu imperador, que a fraqueza e a ambição do homem vêm em todas as formas e sem limites. E seus sonhos...
Veja as ilusões dessa czarina Catarina, testemunhas perfeitas dessa ambição infinita. Como o senhor encara o belo sexo não é segredo para mim, mas acontece que eu pensei que só uma mulher poderia perseguir sonhos tão loucos e tão detalhados, sem se preocupar que eles possam nunca acontecer, registros da história os trarão anotados, e esses sonhos têm a ver com o senhor... Todos sabem como seus vizires estão preocupados. Dizem até que o senhor pronunciou as palavras: "Que Alá salve o nosso Estado!" Por favor, não entenda mal minha curiosidade, meu querido Sultão. De jeito nenhum eu rezaria para essa sirigaita russa realizar sua ambição. De jeito nenhum eu aceitaria a desonra do Império Otomano sob os pagãos russos. Dito isso, a própria existência dessa mulher que chamam de czarina, a mulher que merece esse título, ainda me intriga, por uma razão totalmente diferente...

---
35 Rei turco. (N. T.)

Eu posso estar longe e vigiada de perto, mas Sümbül Agha, meu melhor amigo, o Agha do harém, sabe tanto do que se passa no lado de fora a ponto de ter conhecimento dos debates no Divã[36], graças aos seus amigos influentes. Não há mais ninguém em todo o harém que me escute ou que me entenda. É por isso que conversamos em segredo algumas noites; ele se torna minha janela. Eu alcanço lugares que meu corpo jamais teria permissão para visitar graças às histórias dele, eu chego quase a vivenciá-las. Aumentar meu conhecimento me torna poderosa. Contra quem? Eu mesma...

Então, o sonho dessa Catarina é capturar Konstantiniye e ter uma saída para o mar. E tem mais, ela quer reviver a velha Bizâncio e, claro, comandá-la. Acredita nisso? O que mais me impressionou não foi a czarina ter dado ao neto mais novo o nome Konstantin, mas ela ter mandado trazer uma ama de leite do Egeu, uma grega, nada menos que isso. Então, meu soberano, tal detalhe pode ser uma coincidência? Só uma mulher para pensar nisso. Como meus jardins de papel, como as coisas que vivencio neles... Ela vê no neto o novo imperador bizantino. Alguns poderão rir disso, embora a aliança que ela forjou com os hunos deva estar causando algum desconforto no Kubbealt1[37].

É uma estranha admiração pelo inimigo, apesar de não desejar seu triunfo. Sim, eu admiro os sonhos. Não são eles que importam no final, meu Sultão?

Não precisamos viver de verdade o que vivemos em nossos sonhos...

---

36 Na Turquia otomana, o Conselho de Estado, a sala ou o prédio onde se reuniam. (N. T.)
37 Câmara do Domo, principal sala de conferências do Divã imperial. (N. T.)

TT

Meu grão-vizir parece ter demorado para me informar totalmente. Então a czarina Catarina fez uma aliança com o rei huno! Eles se encontraram em Mohilev, segundo os relatos. Qual seria o propósito da conversa desses dois pagãos? O que será essa coisa que chamam de "Projeto Grego"? Apresentará uma grande ameaça ao Império Otomano? Todas as perguntas permanecem sem resposta... Meu grão-vizir tenta reunir informações suficientes. Como todos os inimigos se juntaram para nos enfrentar...

Mas, como dizem, você colhe o que planta; a Inglaterra infiel está travando uma batalha num continente distante com uma nação que se autodenomina América, que declarou independência; foram os ingleses que forneceram assistência naval aos russos.

Se eu viver para ver isso é um mistério, embora haja em mim um desejo de ser testemunha da derrota deles nesse continente longínquo.

Æ

Meu querido Padisah.
Eu não sucumbirei mais ao desânimo, pois sou capaz de me ater à minha decisão.
É bastante possível que, se eu me tornasse o objeto de seu precioso amor, banhada em elogios, agraciada com

presentes incomparáveis e até me tornado a destinatária das raras cartas de amor que o senhor escreve, seu amor perderia o valor ou a magia.

Essa união, tão violentamente cobiçada, empalideceria, tornando-se subitamente comum como os brilhantes que cercam um solitário.

Mas é esse desejo ardente que me permite viver. Mesmo que sua direção seja alterada...

Œ

Sua Alteza o grão-vizir me respeita e, assim, quando tive a oportunidade de oferecer a ele uma xícara de café, entramos numa discussão sobre o estado do país...

Então essa Catarina agora quer se unir ao huno Kaiser Josef, que abocanhou sua parte que a mãe dele, Maria Teresa, partiu, e os dois têm a intenção de nos engolir. Esse tem sido o sonho da pagã russa desde tempos imemoriais, usar os estreitos otomanos para abrir passagem para o Mediterrâneo. Também é conhecido o maior sonho dela de converter a Cidade da Felicidade em Bizâncio. E quanto aos desejos do país chamado Espanha? Está o nosso nobre soberano à altura do desafio de negociar com eles e tomar as decisões certas?

Æ

Amado.
Viu como relaxei na maneira como me dirijo a você, como estou determinada em não enviar uma carta que seja? Quando comecei a escrevê-las, eu pensava que as entregaria pessoalmente em um lote algum dia.
Achei que elas poderiam aguçar seu interesse, que gostaria de lê-las e conhecer as histórias das pessoas. Especialmente aquelas em que estão bem no centro...
Mas, com o tempo, eu passei a perceber que era eu quem o dotava de tamanha grandeza, que tinha o valor que eu julgava que devia ter. Sim, é o valor que coloco em você que o torna tão valioso.
E comecei a temer que minhas cartas, essas cartas que resumem minha vida inteira, pudessem ser postas de lado.
Eu faço o que posso. Tento pensar e me comportar como se você nunca tivesse entrado na minha vida. Por que é tão difícil desistir?
Sei que chegará o dia em que você não será mais importante para mim. Eu espero por esse dia, minha meta singular é chegar nesse dia. Estar livre de você. Uma confissão estranha esta, que não é menos verdadeira porque continuo a desejá-lo tanto.
Alguma coisa me levou até o Conselho dos Gênios ontem à noite. Eu me levantei, como uma sonâmbula, sem acordar ninguém, e fui até lá silenciosamente no escuro. E de repente eu me senti em um mundo diferente. Quem sabe foram as histórias que Sümbül Agha me contou no dia anterior que me conduziram até lá. Ele tinha dito que algo extraordinário estaria me aguardando ali, que outra concubina também tinha se livrado do sofrimento do coração depois de passar uma noite ali...
Quase como se ele me levasse pela mão, meio acordada, e me deixasse lá.

Tão difícil de explicar, muito difícil. Eu não pude me demorar lá, mas voltarei de novo, quando tudo estiver quieto...
Agora já aprendi que o amor enlameia o cérebro do mesmo modo que o ilumina.
Agora eu busco a luz...

TT

E agora anunciaram a chegada do enviado espanhol em nossa cidade. Seria de se pensar que ele está aqui para comprar os espanhóis capturados pelos nossos piratas, mas seu objetivo verdadeiro é claro. Ele veio buscar, aparentemente, uma aliança com o Império Otomano, mas seu propósito real é inibir o Governador da Argélia, proibindo-o de atacar seus navios; esse pedido não podemos acatar. Isso é algo que teremos de discutir com o almirante da frota...

O alarme do monarca prussiano, Frederico, também me parece importante.

A meta dele não é posicionar-se do nosso lado, o que ele não quer é que seus inimigos fiquem mais fortes.

Muitos residem na Cidade da Felicidade e ele age com base nessa informação. O quanto essa ação de inteligência é digna de crédito não sei!

O que eu sei é que todos eles visam nos deixar sem amigos.

Todos meus vizires, a quem eu questionei, podem dizer: "Uma aliança com a Prússia passou a ser crucial", mas é melhor exercitar a cautela assim mesmo.

Sim, um debate profundo sobre a questão é essencial, mandarei meus vizires discuti-lo exaustivamente no Divã.
Os tempos mudam, é uma decisão difícil escolher o caminho certo...
Que o Senhor Deus ajude este Augusto Estado!

Æ

Eu fiz um novo jardim de papel, meu querido Sultão. Esse é diferente dos outros. Quando olho para esse jardim, quando o toco, coisas estranhas acontecem. O que diferencia esse jardim é que eu o fiz pensando no que sonhei sobre esse dia, também no que li de história. Até meu tema é diferente. Os anjos arrastam dragões até os céus.

Com certeza o meu Soberano conhece a lenda, uma crença antiga que diz que se uma cobra viver cem anos ela se metamorfoseará em dragão. E desastres incontroláveis acontecerão um após o outro.

Contudo, se anjos descessem do céu e arrastassem o dragão-cobra para além de Kafdagi[38] e ali o transformassem em Ouroboros[39], o ciclo eterno da vida seria modifi-

---

[38] Montanha de esmeralda circundando a Terra, segundo o saber popular islâmico. (N. T.)
[39] Símbolo representado por uma serpente, ou um dragão, que morde a própria cauda. É um símbolo da eternidade, relacionado à alquimia. (N. T.)

cado mais uma vez. Também dizem que cada raio é o resultado dessa batalha, o som e a luz.

Foi sua preciosa irmã, Sultana Esma, quem me contou a lenda, quando me encontrou encolhida a um canto numa noite de tempestade... Depois eu pensava nisso sempre que havia trovão e raio; de fato, foi essa imagem que me consolou na minha tempestade interna.

Mas o que quer que eu faça é o seu amor tempestuoso que não me libera.

Eu não sei se você vagaria nessa chuva, mas eu vaguei. Apaixonar-se é como vagar na chuva do raio-dragão. Talvez eu só me liberte do dragão quando esse desejo vier das profundezas do meu coração...

De qualquer forma, não tenho intenção de lhe mostrar essa peça. Eu disse que esse jardim foi feito unicamente para mim.

Eu não lembro no que pensava enquanto o fazia, nem quantos dias levei para terminá-lo. Parece que foi feito nos meus sonhos.

Mas lembro que hesitei por uns instantes no começo e depois me lancei ao trabalho com um vigor renovado que veio de dentro de mim. Eu me recordo de escolher com cuidado as cores dos papéis, como me sentia insatisfeita por dentro e, depois, como se a tesoura fosse uma extensão da minha mão, mas agindo por vontade própria, criando essas formas, e com que ansiedade os pedaços de papel eram colados nos lugares certos no cenário.

De início, era algo amorfo, sem forma definida. Depois, lentamente, tudo encontrou sua forma e se espalhou no pedaço de cartão à minha frente...

Uma cena do meu jardim.

Um topo nu de colina, seu contorno agudo interrompido por alguns ciprestes. Um caminho rochoso subindo a colina íngreme, flores de cada lado, flores espalhadas por tudo.

Minha modesta Kafdagi.

As acácias são as únicas árvores que ladeiam o caminho. Suas flores de um branco diamante estão abertas, perfumando o ar. Suas esguias e verdes folhas novas adejam. Não tem mar nessa cena, só um lago calmo no sopé da colina...

Um esquife no lago, sem condutor.

O céu está claro, nenhuma nuvem mancha o azul profundo. Mas faltam algumas coisas.

Ainda.

Agora eu estou no jardim.

Eu ando pelo caminho de seixos ladeado pelas acácias. Rosas de um tom damasco de um lado, viradas para o sol, jacintos roxos do outro, tão juntos que formam uma mancha púrpura no jardim. Também não faltam arbustos; entrelaçados, escuros, as folhas denteadas realçando o contraste da beleza de suas flores.

A hora do dia não está determinada.

Uma luz estranha, mas também é crepúsculo.

Quem sabe é a hora do anil. O anil que recolhe a luz.

As águas do lago iluminadas por dentro, a luz de baixo tenta perfurar o anil acima.

A criatura esperada aparece repentinamente na colina; temos quórum.

Não fico surpresa, exceto de início.

A cor da colina muda do ouro pálido que eu tinha escolhido para um escarlate brilhante, abruptamente, condizente com a ação que está para se desenrolar diante dela.

Uma criatura que personificou todos os terrores do mundo.

Dito isso, ela não consegue me aterrorizar... Ela não consegue exalar o horror que procuro...

Eu não combaterei o dragão diante de mim. Afinal, eu mesma o criei.

É concebível eu tê-lo criado para lutar?

Assustar o dragão. Intimidar o dragão. Um desafio tremendo. Para quem? Combater no fim. Com quem? Se eu soubesse como era simples... O dragão altera constantemente sua forma e cor.

Não são as asas feito lanças que descem por suas costas iridescentes, pelo contrário: as penas multicoloridas em suas asas são bastante agradáveis ao olhar.

Nem as ondulações de seu compacto corpo de cobra que as asas mal conseguem ocultar.

Também não são as garras retorcidas iluminadas intermitentemente pelo clarão das chamas que saem da boca cavernosa nem as folhas dos ciprestes que queimam espontaneamente, nada disso.

O ódio nos olhos dele, é isso.

A cada passo de seu corpo ondulante a terra treme, o chão se abre sob seus pés.

Nesse momento, uma ave do paraíso desce voando pelo firmamento... Para erradicar o terror, para aliviar todos os temores...

Uma crista de seis plumas brilha em sua cabeça, como se ela usasse um penacho de rubi, como uma noiva. Sua cauda de várias cores, todos os tecidos indianos se juntaram para competir, como os presentes oferecidos ao Sultão.

Anjos apareceram ao lado da ave num piscar de olhos. Eles desceram, batendo sem pressa suas elegantes asas.

A transparência dessas asas lhes dá um ar insubstancial, mas igualmente robusto.

Cautelosamente, temendo ofuscar o esplendor da ave que os acompanha, eles formam um círculo no céu com movimentos suaves como a brisa.

Eles baixam as cordas de seda em suas mãos, como se tudo isso fosse uma parte natural do cenário, como se estivessem acostumados a essa tarefa.

Os ganchos nas cordas prendem as asas do dragão. O dragão luta, mas não resiste, tudo o que ele pode fazer é se dobrar num círculo, mordendo a própria cauda. Ele pende brevemente do céu. As acácias que eu instalei tão carinhosamente no jardim se mexem suavemente, uma brisa doce sopra por toda parte.

Já não está visível o escarlate sobre a colina, agora é um tom roxo esfumaçado sob as nuvens de chuva que apareceram de repente.

Um súbito raio corta o ar, furando as nuvens. Ele ilumina o jardim inteiro e eu com ele. O barulho a seguir é curto. O ciclo da vida está completo mais uma vez. A eternidade foi salva de novo. A eternidade dentro de mim junto com ela.

Œ

Como nossos destinos estão interligados. Mais: foram costurados juntos.

Quando nosso amo me presenteou com o espelho de prata encrustado de rubis que ele encomendara especificamente para mim, com sua limitada pensão e sua natural generosidade, nos últimos tempos de seu confinamento, eu soube que dificilmente iríamos nos separar.

Esse espelho podia até ser o Espelho de Alexandre, no que me toca, de tão valioso. Esse espelho das lendas, feito por seu mentor, Aristóteles, colocado num lugar alto em Alexandria, de onde Alexandre, o Grande, poderia ver a imagem de seus inimigos a cem léguas de distância...

Eu sempre olhava nesse espelho quando estava perturbado. E me tornava contemplativo ao me olhar nele. Como se tivesse criado um espelho assim dentro de mim, aos olhos do meu coração. E eu via o desenrolar de eventos que deixara de ver até quando eles aconteciam diante de meus olhos ao olhar para o espelho. O espelho não passava de uma ferramenta.

Eu vi um eunuco *agha* apaixonado quando olhei no espelho. Enfeitiçado, mas determinado.

Eu vi um infeliz Padisah chegando ao fim de sua vida. Solitário, mas honrado.

Eu vi uma concubina que estava começando a descobrir seu verdadeiro valor. Ela tinha sofrido muito, mas continuava forte.

"Minha vida mudou mais uma vez."

Æ

Meu Padisah.
O véu caiu de meus olhos ontem à noite. Eu tinha ido, mais uma vez, secretamente ao Conselho dos Gênios, esse lugar, com seu pórtico esmaltado, onde busco abrigo nas noites agitadas... Dizem que é melhor ficar longe dali à noite, mas eu quero convocar o desconhecido...
O gênio que eu estava esperando e chamava na escuridão finalmente apareceu.

Eu não fiquei nada surpresa, para dizer a verdade, não há quem não atenda a invocações feitas com o coração, é preciso que saiba, se ainda não tiver conhecimento disso.

Eu mal consegui divisar o rosto dele, mas sua postura lembrava a sua e também o brilho dos olhos no escuro, iluminados por velas distantes. Ele também deve ter vindo aqui para me procurar ou pela emoção de viver, ou da paz, ou do desconhecido; seja como for, nos encontramos.

Mas não dissemos uma palavra.

Foi como fogo e pólvora. De repente, eu me vi dentro do grosso caftan dele.

Talvez fosse o senhor, meu querido Padisah, ou o amante que minha mente criou. Mas nem isso importa, de verdade, o que me agradou foi que estávamos desprovidos de personalidade.

Eu beijei docemente cada linha de expressão no rosto dele.
Senti cada linha dentro de mim mesma.
Principalmente a mais profunda, entre as sobrancelhas dele.
Eu quase a soprei para dentro de mim.
Eu afaguei seu rosto áspero, mas terno, com o meu.
Eu gostei das marcas que ele deixou na minha pele delicada.
Eu o acariciei de leve, mal o tocando, mas com movimentos que não tinham fim.

Uma cortina entre nós dois e o mundo, invisível na escuridão, embora aparecesse por um momento com o clarão de um relâmpago distante, nos envolveu; uma cortina inimitável que nos deliciou com a ilusão de que ninguém mais existia na face da Terra.

Ele sucumbiu às minhas carícias, as pontas dos dedos transmitindo a ternura dos afetos e a chama ardente da paixão.

Ele se inclinou e me abraçou apertado mais uma vez.

Começamos a fazer amor suavemente, como a música do Salão Imperial algumas noites, depois o ritmo aumentou até acompanhar as batidas do meu coração.

O tremor que nos fazia crer que estávamos no paraíso ficou mais frequente, depois atingiu aquela nota final que sai da garganta dos cantores, recrudescendo, refluiu.

Aqueles momentos de loucura que nos fizeram queimar foram embora, como lembranças de um sonho delicioso que se evapora rápido demais, desafiando todas as tentativas para retê-lo.

O gosto alegre, triste e desconcertante depois de uma festa esplêndida se instalou em nós...

Minha vida mudou mais uma vez.

Œ

À medida que minha Askidil descia silenciosamente a escada do dormitório, deixando para trás o caminho dourado, apertando o passo ao se aproximar do muro ao lado da Mesquita dos Aghas, a ansiedade a preenchia. Eu sei disso, pois a mesma ansiedade me preenche.
Isso acontece toda vez que ela chega perto do Conselho dos Gênios, essa palpitação sem par. Como se o coração dela batesse por todo o corpo, um calor se instala em seu rosto... Os incontáveis avisos que ela recebeu para ficar longe desse pórtico não a impedem.
Pouca coisa, para ser justo, seria um obstáculo depois que ela toma uma decisão, talvez uma questão de vida ou morte...
Graças a Deus.

Æ

Meu Sultão.
Pode parecer estranho eu lhe escrever sobre o que veio a acontecer. Desde a hora em que descobri o amor carnal com o senhor, eu acreditei que minha vida terminaria, mesmo ainda estando apaixonada pelo senhor. Como o destino é capaz de nos surpreender com milagres a qualquer momento! Eu lutarei para ficar em paz com tudo, sendo por isso que preciso compartilhar sobre a minha vida com o senhor, como já me acostumei. Tomara pudesse ler essas cartas, pois poderia descobrir algo

sobre a cor do amor, por mais que isso provavelmente fira seu coração...

O cheiro do amor. Aquele espaço ínfimo, suas paredes azulejadas de cima a baixo, rescendia a amor. As flores naqueles azulejos escorregadios, a frieza de suas superfícies apoiando o arco-íris de cores, quase exalavam o perfume do amor criado por dois corpos, aquecendo, quase as transformando em flores de verdade.

A profundeza das ondas apaixonadas que emanaram de nossas mentes animou as flores nos lençóis.

Esse calor formidável, inimitável, se espalhou por toda parte como um halo.

O que nos tomou de assalto estava além da luxúria e tanto ele quanto eu tínhamos consciência de que aqueles eram os melhores momentos de nossas vidas; enlaçar, segurar, não soltar nem terminar, nossas inquietações se uniram e nós dois nos agitamos.

Os tremores do amor foram seguidos por abraços novos e inesperados. As lembranças passadas do local chegaram a nos unir. É provável que tenha sido o reflexo de um antigo caso de amor que iluminou nossas faces e as vozes que acariciaram nossos ouvidos fossem ecos de palavras de afeto do passado...

Parecia que a chama das emoções que captamos não morria. A luz brilhando em meu rosto era a forma visível dessa coisa que chamam amor, essa coisa supostamente intangível.

Œ

Primeiro nos tocamos de leve. O calor da pele aumentou.
Desfrutamos aquele breve momento.
Esse momento só rivalizaria com a criação do universo. Depois o universo foi criado e duas pessoas se uniram, como um deus e uma deusa.
Essa união teve coisas que nenhum dos dois jamais sentira. Quando meus lábios começaram a descer pelo seu pescoço, eu pensei que lambia fogo líquido.
Perigo e prazer.
Ela inalou meu calor... Depois, eu achei que tinha feito amor com um daqueles tigres de que tanto gosto, tamanha a violência envolvida.
Eu acreditei ter meu corpo adornado com o padrão do ponto triplo que os otomanos trouxeram há muito tempo de terras distantes, aqueles pontos simples que simbolizavam a força. Çintemani... Os padrões exclusivos dos otomanos, o ponto triplo e as listas do tigre...
Eu tinha feito amor com o tigre e me transformado em um ou tinha sido esmagado pelas emoções do tigre? Eu não sei. Ou isso era um espelho que eu segurava e o tigre no espelho era eu?
Isso só emerge na união com a pessoa designada somente para mim?
Não sei se tremo de prazer ou recuo de terror.

Æ

Sua Majestade. Eu sei como fascinar com a minha luz, como o penacho imperial de diamante em forma de rosa, e como diminuí-la quando a ocasião pede, como se apagasse uma lamparina. Há momentos em que não desejo que minha euforia seja conhecida, para não causar inveja. Nesses momentos, eu exibo minha luz mais fraca.

É verdade que às vezes lanço minha cautela ao vento e então os olhares invejosos – enquanto brilho – me ferem como cacos de vidro entrando na minha pele. Eu comecei a evitar encontrá-lo ou a sentir seu olhar sobre mim.

Que ninguém perceba como estou flutuando no céu. Talvez eu só possa revelar o amor que experimentei em um jardim de papel.

TT

Esse jardim de papel será mesmo encantado? Meu corpo ficou onde estava, mas, quando segurei o jardim, eu como que caí nele. Ali encontrei minha própria infância, minha amada mãe... Esse era como um jardim da felicidade preparado apenas para mim, repleto de tudo o que eu sonhara ver.

Não tenho palavras para expressar mais.

Não consigo expressar a admiração que sinto pela mente, pelas mãos e pela força que o criaram...

Eu gostaria de conhecer esta Askidil de forma diferente.

Æ

Meu querido Soberano.
Eu me sinto tão envolvida pelo amor, incapaz de dispensá-lo, não que eu queira... Essa envoltura me abraça por inteiro. Temo que basta alguém apenas olhar para mim para perceber os momentos incríveis que eu vivi. À altura do meu nome... Mas aqui estou eu, uma concubina não favorecida particularmente pelo soberano e relegada a deveres comuns, dos quais sou perfeitamente capaz aos olhos do harém. Eu conquistei uma posição diferenciada acima do amor ou da luxúria, algo misturado com pena. Não que essa forçada dissociação precisasse de justificativa, destino, o que resta a dizer?
Não era nem esperado que eu imaginasse o que vivi no Conselho dos Gênios. Mas o modo como ele me puxou para si no momento do êxtase, circundando minha cintura com um braço, como ele me abraçou apertado, não deixando espaço para um fio de cabelo entre nós, como eu quase levitei sobre o fino colchão... Como eu senti que tinha asas, planando no alto do céu, leve, fazendo parte das nuvens. E como ele respirava no meu pescoço ao me beijar, o calor de seu hálito... Quantas mulheres na terra desfrutaram desse prazer? Não foi um sonho, as marcas na minha pele são testemunhas. Ainda assim, mal posso explicar e não importa se não compreendo... Quando tudo isso volta a mim durante o dia, uma e outra vez, nos momentos mais inoportunos, eu me pergunto se as mulheres ao meu redor têm lembranças semelhantes, depois dou de ombros, confiante, sentindo pena delas e continuo com meus afazeres diários.
Ninguém saberá o quanto sou extraordinária. Saber disso me dá imenso prazer, embora não tenha com quem compartilhar. Não posso me abrir com Sümbül Agha!

TT

Minha deliciosa concubina.
Ultimamente, quando olho para você, vejo uma mulher que brilha misteriosamente. Que mulher atraente esta, que está embrulhada em um manto de amor. Adornada pelo brilho desse manto encantado, mais brilhante que muitos diamantes. Como uma lamparina cuja chama é mantida baixa e subitamente se transforma em um magnífico candelabro de cristal de rocha. O mistério me escapa, o que me excita ainda mais.
Quanto à sua relutância... O modo como rejeita seu amo de uma maneira jamais vista...
Não foi em vão que ansiei por você, minha Askidil, sultana da minha alma, minha Ruhsah[40] de faces régias, meu coração não quer outra agora, eu e você nos tornamos unos...
Dê ouvidos ao poeta, ouça como ele clama por seu amor:

Se eu chorasse pensando em teu rosto, minhas lágrimas se transformariam em água de rosas,
Se eu bebesse água pensando em teus lábios, ela se transformaria em vinho.

Pois é assim que me sinto, minha Ruhsah, minha Askidil...

---

40 Alma do sultão. (N. T.)

Æ

Meu Padisah.
A barba do meu amor deve ter irritado minha pele delicada outra vez. Felizmente, ninguém no harém me considera importante o suficiente para notar as marcas quase imperceptíveis na minha pele.
Minha boca cheia do sabor do amor.
Na escuridão, depois de beijar meu pescoço uma última vez, ele se levantou rapidamente e se vestiu, deixando a fina coberta espalhada no chão e se encaminhou para a passagem estreita que saía dali.
Eu precisava me recobrar do torpor do amor. Recuperei o fôlego, desejosa de esticar o prazer. Quando estava prestes a afundar novamente no colchão, eu percebi a silhueta na passagem e congelei de terror. A luz da lamparina na minha mão caíra sobre o pequeno *agha* parado no caminho dourado.
As muitas calamidades que poderiam recair sobre mim passaram pela minha cabeça com a velocidade de um raio.
Não havia o que fazer agora. Resignada, comecei a esperar pelo meu destino.
O tempo todo eu pensei que tinha valido a pena o que eu vivenciei.
Eu fui poupada.
Ninguém deu pela minha falta.
Sümbül Agha saiu atrás do outro homem, silenciosa e agilmente, sem olhar para trás.
Eu não consegui sequer acompanhar suas sombras.
O Conselho dos Gênios afundou de novo no silêncio fantasmagórico.
Foi aí que eu compreendi o sentido de tudo o que eu tinha vivido – e o que não tinha vivido.
Eu estava tonta.

Aquele cujos braços eu acabava de deixar só podia ser um homem.

Aquele que eu fantasiara como um amante sobrenatural, eu estava convencida de que era um gênio, o homem no escuro.

Poderia realmente ser o mesmo homem ranzinza e altivo?

O homem que nunca se dignava a me olhar no rosto sempre que eu topava com ele no harém, o homem que causava um temor reverencial em todos?

Seria tudo uma ilusão? Um delírio?

O prazer do proibido...

Proibido para quem?

Eu sabia que era pouco provável que eu vivenciasse algo aquém dessa experiência. Eu ultrapassei sonhos e realidade. Depois retornei para o meu lugar, meu dormitório no harém. Era Askidil, a fazedora de jardins de papel, de novo.

O ciclo parece ter se fechado, abrindo passagem para um novo.

Œ

Meu amo, o Padisah, imagino, também percebeu que o *status quo*, não, o conto de fadas, se quebrou. Os protagonistas subitamente arrancados do conto de fadas, tornando-se pessoas totalmente diferentes na Terra.

Ou talvez o feitiço tenha se rompido.

Era óbvio que Askidil estava diferente; seus desejos, suas metas e sua felicidade, estava tudo diferente.

A mulher com quem o Sultão se deitara há muito tempo, no início do seu reinado.
E depois nunca mais olhara para ela.
Nesse tempo, a mulher mudou, agora tão mais adorável, tão mais admirável... Nosso Sultão não sabe como Askidil amadureceu, por qual espécie de amor teve de passar para chegar onde está.
Ela é a mulher com quem eu tive delícias e prazeres que nunca tinha conhecido até aquela noite quando, perturbado, ou talvez chamado por alguma coisa – que também chamou Askidil –, fui até o Conselho dos Gênios, livre da minha identidade, temores e preocupações.
É de surpreender que agora o soberano esteja subitamente apaixonado e ela o rejeite?

Æ

Eu fui apresentada ao amor pelo senhor, meu querido Soberano. Para mim, o amor significava o senhor.
Tudo para mim começou com o senhor. Eu pensava que nada o substituiria, depois veio um dom, algo que começou na minha imaginação e se tornou uma realidade tangível...
Eu demorei muito para descobrir onde estava o encantamento. Talvez a jornada que fiz dentro de mim fosse mágica.
Creio que deve entender isso também.
Chegamos a essa percepção em momentos diferentes. Agora o senhor me escreve cartas e, diferente de mim,

as envia; eu seguro esses *billets doux* nas mãos, meus olhos os contemplam, como parecem incríveis! Lamentavelmente, minha direção foi alterada, meu majestoso amo. Tenho pouco desejo de voltar.

TT

Sultana da minh'alma, minha mulher de alma régia, minha Ruhsah de face rósea, imploro que me permita chamá-la assim! Qual poderia ser a razão para sua recusa em vir para a nossa cama à noite, pois eu imploro misericórdia, peço que você, minha amante que anseio tão ardentemente, venha curar minhas feridas e aliviar meu estado doentio, triste, rejeitado e lamentável.

Somente a sua piedade pode apagar as chamas do meu pranto.

Se você me negar sua clemência, quem a dará?

Eu fico acordado toda noite, tendo Deus como testemunha. Essa noite eu esperei. O Senhor Deus de todos não aprovará o tratamento que me dá, pois eu me retorço de esperança noite após noite.

Se você permanecer distante essa noite também, então eu terei certeza de que não me tem afeição.

Até um inimigo teria pena do meu estado; essa espera – sentado – da noite até a manhã não está certa.

Este seu servo cairia aos seus pés e esfregaria o rosto neles até o amanhecer. Somente o Senhor Deus saberá do meu estado se você me rejeitar...

Você sempre estará na minha mente, por mais que eu viva.
Oh, que sofrimento! Quanto mais você me tortura, mais eu abro os braços para a morte.

Æ

Meu querido Amo.
Como pode a direção dessas emoções que desejei por tanto tempo, tempo demais para ser contado, que ansiei com toda minha força, finalmente se voltar para mim e, sendo expressada na maneira mais sincera, não amolecer meu coração?
Isso não é mera vingança.
É outra coisa.
Recusar a me tornar sua Ruhsah, sua Askidil.
Ou tendo subido uma colina, quem sabe até Kafdagi.

ΤΤ

Minha Ruhsah, seu Hamid se oferece a você em sacrifício!

Errar uma vez é humano.
Minha amante, eu sou seu súdito, ligado pelo coração. Se quiser, me golpeie, me mate! Eu me rendo a você.
Venha esta noite, esse é o meu desejo; se não vier, me fará adoecer, não, será a minha morte...
Eu suplico, esfregando meu rosto na sola dos seus pés. Mal posso me conter, acredite.
Vejo que tracei uma linha sob o que escrevi, uma linha curta.
Sem perceber.
Por tudo o que eu escreveria e não consegui.
Sendo imperador? E incapaz de fazer algo... Quem teria se colocado no meu caminho? Ninguém. Ainda assim... Eu não desejo tomá-la à força.
Askidil poderia compreender o que significa essa linha.

Œ

Então subimos juntos Kafdagi.
Eu nunca teria imaginado tamanha felicidade nem que tivesse reunido todos os sonhos do mundo. Foi o destino.
Duvidar do que aconteceu seria ingratidão.
Então, até o que era supostamente impossível era possível nesta Terra.
Meu Senhor Deus deve ter julgado seu súdito Jaffar digno disso.

TT

Ruhsah da vida de Abdülhamid.
Que minha vida precária seja oferecida em sacrifício a você, meu amor. O Senhor Deus do Céu sabe que esfrego meu rosto na sola dos seus pés.

Æ

Meu Amor, meu Antigo Amor.
Pensei por que você me chama de Ruhsah. Já faz um tempo que me chama por este nome. Essa expressão curta é um nome que emana do seu coração e por isso é precioso. Que coisa milagrosa essa, que agora escreva e me mande cartas de amor, depois de todo esse tempo em que eu lhe escrevi cartas de amor e não enviei...
As minhas eram cartas que escrevi no coração. Eu não precisava ter a pena na mão e transferir as palavras para o papel. Eu não sabia por que estava tão apaixonada, ou talvez eu não quisesse saber. Eu resisti ao entendimento de que estava apaixonada, que eu era o próprio amor. E quanto mais você recuava, mais eu queria continuar.
Então agora trocamos de lugar, é isso? Eu acompanhei, passo a passo, como você se enamorou dos meus jardins de papel, e de mim, enquanto eu me distanciava de você, passo a passo.
Talvez isso não tenha acontecido conscientemente. Você também se deliciava com o extraordinário, o oculto, e ao se deliciar perdia o controle... A lembrança das horas

de êxtase que passei com você, tanto tempo atrás, ainda me faz estremecer.

Eu não sei se você entenderia se eu contasse sobre o amor que saiu da minha imaginação e, como num passe de mágica, se transformou em um homem de verdade. Se eu não tivesse provado da existência dele, minha paixão por você até poderia ter sobrevivido. Mas agora é como se um ciclo tivesse se completado dentro de mim.

É possível descobrir o segredo de um homem, mas não o do amor. Suas cartas suplicantes acariciam minha alma. Mas elas só servem para que eu me esconda mais ainda. Ou esse é um jogo divino? Que chamam de amor?

Ou então, uma magnífica calamidade...

TT

Que seu Abdülhamid seja um escravo, uma oferenda à sua Ruhsah.

Não me esqueça por um erro!

Amada, que Alá faça comigo o que lhe aprouver se eu renunciar a você mesmo quando meu corpo tiver virado pó.

Eu peço para ser levado e ele nega, talvez você se abrande.

Você é minha e eu seu.

Minha querida amante, espero em Deus que possamos estar juntos enquanto eu viver.

Eu imploro, esfregando meu rosto na sola dos seus pés.

Œ

Que ele se esquiva do monarca sem culpa.
Pelo menos nesse momento.
Que o passado vá embora.

TT

Minha Amada.
Que Hamid seja seu escravo!
Agracie-me com a sua presença esta noite.
De fato não me resta mais paciência, deixe esta noite ser a primeira, ou a última, você decide.
Só a força de vontade me garantiu o controle esta noite.
Não me deixe abandonado hoje, minha amada, eu beijo os seus pés!
Deixe-me ser seu escravo e sua oferenda sacrificial, amada...

Æ

Eu não o quero mais, meu Padisah.

A CONCUBINA

Naquela época, eu me apaixonei não por você, mas por um sonho que eu mesma criei.
Eu poderia ter continuado a amar esse sonho, sabendo que ele não existia.
Eu não conheço a vida lá fora, meu Padisah, mas me parece que muitos têm a ilusão de terem se apaixonado assim.
É verdade que Ferhat perfurou as montanhas para chegar a Þirin?
Por que Leyla e Mecnun nunca ficaram juntos? O quanto há de verdade nessas tristes histórias de amantes que não ficam juntos?
Sim, eu escrevi sobre o amor.
Escrevi sobre o amor nas minhas cartas.
Não o meu amor, mas o amor. Não o seu amor, mas o amor.
Uma onda intensa me transportou para o alto com você, tão alto que eu jamais teria concebido, estar ali foi algo incomparável.
Depois a mesma onda me levou e me jogou no fundo, antes que eu soubesse o que estava acontecendo.
Eu consegui escapar de me afogar, mas me feri profundamente. Esperei pelo dia em que eu cavalgaria as ondas novamente e não digo que eu desejava atingir tais alturas, pelo contrário, continuarei a medir essas alturas, ciente de que posso ir ao fundo outra vez. Mas não com você.
Fico feliz por aquelas horas sombrias, pelos lamentos mais profundos, tanto quanto por aqueles momentos celestiais.
Escrever sobre o amor pode levar uma eternidade ou um instante.
Eu compreendi que escrever sobre o amor era escrever sobre o sabor do inatingível, até o último suspiro.
Essa coisa chamada amor é o sabor do inatingível? Ou o gosto do desastre?

TT

Eu tento disfarçar minha ansiedade. Agora sou um homem que mais parece uma vela, brilhante em seus momentos finais, a dor despercebida.

Eu passei a maior parte dos últimos dias no santuário que acalma minha alma, na tumba da Sultana Eyüp. E eu ouvi o Corão em Hirka-i Saadet[41]. E doei a maioria das minhas roupas.

Eu sei que a morte se aproxima. Não pelo olhar preocupado no rosto do médico-chefe. Nem o alarme ao meu redor, nem o cuidado exagerado que me dispensam... Algo dentro de mim está morrendo.

Mandarei chamar Askidil, não em secretas e suplicantes cartas, mas enviando a tesoureira-chefe, não lhe dando escapatória. Eu poderia, com toda sinceridade, ter feito isso no passado, mas me abstive de causar danos a essa ligação especial entre nós, formada tanto tempo atrás, essa era uma experiência nova. Meu desejo se realizou, de certa forma, eu posso ter tido um amor que será comentado por centenas de anos, um amor puro, em todo seu prazer, antecipação, tristeza e anseio... Agora eu peço que minha Askidil venha a mim pela última vez. Estar loucamente apaixonado será meu melhor papel no fim da minha vida, em meio a toda essa escuridão.

Eu ordenei que levassem Askidil ao Salão Espelhado essa noite e depois saíssem.

---

41 Pavilhão do Manto Sagrado. (N. T.)

Œ

Escapa a todos, menos a mim, que meu amo está agindo estranhamente, que ele está partindo. Mas ele dá cada passo deliberadamente. Ele está prestando contas de sua vida à sua própria maneira. Ele revê tudo o que fez na vida, às vezes satisfeito, outras, dilacerado pela dor. Ele quer partir para o outro mundo com o coração leve...

Por exemplo, ele sempre expressou o orgulho que sente pelo modo como estudiosos visitantes se beneficiam da Biblioteca Hamidiye, que ele construiu e dotou com uma rica seleção de livros em Bahçekapi, o lugar mais agitado na Cidade da Felicidade.

Cada colherada de comida que alimenta os pobres nas grandes cozinhas daqui também nutre meu amo, cada copo de água tomada nas fontes mata a sede dele. A escola é perto da sua tumba, o lugar onde ele espera logo descansar...

A mesquita que ele construiu em Emirgan e tornou o bairro mais popular e a estrada aberta na costa de Büyükdere que revigorou o Bósforo, tudo isso enche seu coração de alegria.

Satisfazer as necessidades, desde que ele seja capaz...

Essas são as virtudes que teria listado junto ao seu nome...

A Guerra da Crimeia, por outro lado, é um punhal enterrado em seu coração, impossível de ser tirado. Ele já não tenta mais.

Não sei se estou pronto para me despedir do meu amo.

TT

Nós nos encontramos no Salão Espelhado. Askidil veio, serena por saber que não teve escolha, contra sua vontade.
Eu estou emocionado. Ambos sabemos que esta é a última vez. É desnecessário verbalizar isso. Essa indescritível agitação que vem do último encontro, não há abraços de dilacerar o coração que tentam desafiar ou esquecer, brevemente, a fatalidade do momento... Só mesmo os inconcebíveis saltos da mente tecidos pelo desejo de deter o tempo... Nossos olhos se encontraram. Eu bebi devagar da taça que Askidil me ofereceu. Eu sabia que era o meu remédio.
De repente, meu pesar se dissipou, como o desvendar de um enigma, minha mente clareou, uma calma estranha se apossou de mim.
Eu me senti como um pássaro se secando depois de matar a sede numa poça rasa, preparando-se para voar...
Minha mente, arruinada pela angústia da constante sucessão de notícias de desastres na frente na Crimeia, meu corpo exausto despreparado para resistir a tudo isso e meu coração partido com a aflição do amor, tudo pareceu me deixar, junto com todos os meus tormentos.
Uma agradável coberta em cima de mim.
O calor de minha querida mãe, aquele calor que jamais esqueci, me envolve por inteiro.
Eu deveria mandar Askidil embora agora, deixar que ela se lembre de mim como eu era.
Foi como retomar tudo de novo.
Meu Senhor Deus me concedeu essa graça.
Eu agradeço.
Eu vi o lançamento daquele navio três dias atrás. O término dessa embarcação no estaleiro e seu lançamento ao mar eram da maior importância para mim. Eu queria

A CONCUBINA 191

ver isso com meus próprios olhos, pois reforçar a nossa marinha tinha sido uma das minhas principais preocupações... Para mim, a construção desse navio era uma indicação de progresso... E agora que ontem eu me despedi do comboio, estou em paz. Eu me assegurei de que esse dever tão valioso para mim, as bolsas de dinheiro enviadas todo ano para a Kaaba, junto com os presentes, tivesse lugar imediatamente e até instei para que partissem numa hora auspiciosa, dois dias antes da hora habitual. E agora, finalmente, devo chamar Jaffar. Esse amigo que sacrificou a própria vida para servir a minha merece um último reconhecimento.

Æ

Eu estou indo, Majestade, estou indo, meu amo, estou mesmo. Mas não estarei sozinha. Graças ao senhor.

Minha jornada começou com o senhor e termina com a sua nobreza, uma vista nova em folha se abre diante de mim, mas, dessa vez, não com o senhor.

Sei que devo essa felicidade ao senhor, que me oferece uma aventura feliz, uma que eu não ousaria imaginar nem nos jardins de papel que construí com minhas próprias mãos. Eu agradeço.

Peço seu perdão se parti seu coração! Sei que me via como uma parte diferente da sua vida e como me tolerou nobremente... E que foi misericordioso o bastante para as-

segurar que eu fosse poupada, que pudesse respirar livremente e ser livre, isso não me surpreendeu nem um pouco. Essa é uma dívida que nunca poderei pagar. Não que eu venha a ser solicitada a prestar contas, eu sei.
Saiba que sempre terá um lugar no meu coração enquanto ele bater.

Œ

A concubina observa disfarçadamente o funeral no portão do harém. A tristeza dela não tem limites.
Askidil desobedeceu às regras e se aproximou, como se fosse acompanhar o defunto até o último minuto, aquela pessoa que encaminhara sua vida...
Quanto a mim, tomo meu lugar junto ao meu amo como sempre.
Eu estava lá quando ele deu o último suspiro.
Ainda vestido com a roupa com que morreu, o grão-vizir, o Seyhülislam, o almirante da frota, os juízes militares da Rumélia e Anatólia, o tesoureiro, o escrevente-chefe e o comandante dos janissários, todos vieram ver meu amo, segundo o costume, para determinar se ele realmente tinha entregue sua alma, para não haver disputas quanto à sucessão.
Depois ele foi lavado e preparado, de novo, sob a minha supervisão...
Agora o caixão de uma querida criatura, coberto com um pano da Kaaba, é carregado nos ombros de dignitários do Estado numa lenta procissão.

Prestes a ser colocado no trono diante do pórtico do Salão Imperial.
Sua última parada no palácio, na sua casa. Assim que o corpo do antigo monarca deixar o palácio, o novo soberano receberá sobre os ombros o peso da soberania, provará seu sabor.
E todos os preparativos para a cerimônia que marcará sua ascensão ao trono serão terminados, sob minha supervisão também, é claro; imediatamente depois disso, eu pretendo entregar tudo ainda não se sabe a quem.
Eu não aceitaria o mínimo impedimento que fosse.
Eu nunca aceitei.
Mas primeiro devo garantir que Abdülhamid Han saia de seu palácio, de sua casa, gloriosamente pela última vez, como lhe é devido...
Certamente essa é a última cerimônia que supervisiono.
O caixão deixou a Babüsselam e os veteranos o carregarão até a tumba e, embora não seja o costume, eu os acompanharei. Por mais que eu saiba que o prefeito, encarregado da cerimônia fúnebre, e o arquiteto que construiu a tumba em Bahçekapi por encomenda do meu amo, sejam homens detalhistas, eu devo acompanhá-lo até o fim.
E irei abrir um precedente mais uma vez voltando para o harém sozinho, para esse lugar que ainda é minha casa, embora por pouco tempo.
Para cuidar de quem precisa de mim ali.
Outros preparativos estão sendo feitos no harém, num ritmo incrível. As mulheres do falecido Padisah também são obrigadas a deixar sua morada, o harém.
As mulheres esperam deixar para trás os intrincados cômodos, os salões decorados e as passagens escuras, o único lugar que conhecem, onde moraram, serão levadas para o Antigo Palácio, as cabeças baixas, os olhos cheios de lágrimas.
Seus últimos dias no Palácio Topkapi também.

A maior parte das lágrimas corre mais por seu destino obscuro do que pelo homem que partiu.

Também serão tempos difíceis para os príncipes herdeiros do meu amo, Mustafá e Mahmud, a chamada vida por um fio...

Minha opinião é que o destino de Ahmed Nazif Pasha, marido de Dürrisehvar, também é um mistério, sem falar nas filhas sobreviventes Sultanas Esma, Amine e Hibetullah. Eu temo que essa pessoa que se interpôs entre os planos do Príncipe Selim, impedindo que subisse ao trono precocemente, possa ser o primeiro alvo do Sultão Selim...

Quanto a mim... Eu farei o que meu mestre me ordenou em seu último desejo. Meu benfeitor me concedeu uma fazenda e terras na Anatólia, perto de Gemlik, e, principalmente, ele me fez responsável por Askidil, e, de acordo com a ordem que ele deixou por escrito, eu devo tirá-la do harém como uma iniciante e levá-la comigo.

Não temos muita mobília. Não precisamos de trajes da corte ou louça. Apenas um item é indispensável, o presente do nosso amo: seu retrato.

Enquanto esse pedaço de pano pintado pender da nossa parede, Abdülhamid Han continuará a viver conosco. E outro presente excepcional do meu amo de muitos anos atrás, um arco e algumas flechas que fizemos juntos, em uma aljava encrustada de joias... E, finalmente, o espelho, sua face de prata ondulando com o vermelho das tulipas, como que refletindo em um olhar a aventura que nos trouxe até aqui, bem como milhares de anos de outras histórias.

Essa é a soma total dos meus bens.

Eu creio que Askidil não levará nenhuma joia, exceto os brincos de cristal de rocha.

E quando essa comovente cerimônia chegar ao fim, uma vida nova começará com o fim de outra...

Gesto Literário

– AS PRECES SÃO IMUTÁVEIS
Tuna Kiremitçi

– VALORES DE FAMÍLIA
Abha Dawesar
Lançamento

– PALAVRA PERDIDA
Oya Baydar
Lançamento

– UM GOLPE DE SORTE
Reha Çamuroglu
Próximo lançamento

Um selo da Sá Editora
www.saeditora.com.br

Esta obra foi composta por Eveline Albuquerque
em Palatino e impressa em papel off-set 75g/m^2
pela Graphium Gráfica e Editora para a
Sá Editora em maio de 2011.